万物可爱

汪曾祺 著

四川文艺出版社

图书在版编目（CIP）数据

万物可爱 / 汪曾祺著. -- 成都：四川文艺出版社，
2023.9
ISBN 978-7-5411-6683-9

Ⅰ.①万… Ⅱ.①汪… Ⅲ.①散文集—中国—当代
Ⅳ.①I267

中国国家版本馆CIP数据核字（2023）第117026号

WANWU KEAI
万物可爱
汪曾祺　著

出 品 人	谭清洁
责任编辑	彭　炜　路　嵩
特约编辑	王妍萍
内文设计	任贤贤
内文插图	汪曾祺
封面设计	霄 — Book Designstudio — wx:vxiaoamber
责任校对	段　敏
责任印制	崔　娜
出版发行	四川文艺出版社（成都市锦江区三色路238号）
网　　址	www.scwys.com
电　　话	028-86361802（发行部）　028-86361781（编辑部）
传　　真	028-86259306
邮购地址	成都市锦江区三色路238号四川文艺出版社邮购部　610023
印　　刷	成都东江印务有限公司
成品尺寸	140mm×203mm　开　本　32开
印　　张	7.75　字　数　160千
彩　　插	10
版　　次	2023年9月第1版　印　次　2023年9月第1次印刷
书　　号	ISBN 978-7-5411-6683-9
定　　价	49.80元

版权所有·侵权必究。如有质量问题，请与出版社联系更换。028-86361796

目录

第一辑　草木有本心

人间草木　03　　北京的秋花　09

淡淡秋光　15　　岁朝清供　21

菌小谱　24　　冬天的树（节选）　30

草木春秋　31　　云南茶花　41

紫薇　44　　蜡梅花　48

第二辑　把酒话桑麻

端午的鸭蛋　53　　栗子　57

四方食事　60　　五味　70

昆明的果品　75　　葡萄月令　82

葵·薤　89　　生机　95

家常酒菜　99　　吃食和文学　106

第三辑　风物忆吾乡

跑警报 *119*　　昆明的花 *128*

香港的鸟 *134*　　桥边散文 *137*

故乡水 *146*　　岳阳楼记 *156*

菏泽游记 *161*　　露筋晓月 *169*

文游台 *172*　　他乡寄意 *179*

第四辑　相看是故人

多年父子成兄弟　187　　我的母亲　192

我的父亲　197　　大莲姐姐　206

悬空的人　209　　沈从文先生在西南联大　213

金岳霖先生　223　　老舍先生　229

蔡德惠　235　　地质系同学　239

第一辑

草木有本心

人间草木

山丹丹

我在大青山挖到一棵山丹丹。这棵山丹丹的花真多。招待我们的老堡垒户看了看，说："这棵山丹丹有十三年了。"

"十三年了？咋知道？"

"山丹丹长一年，多开一朵花。你看，十三朵。"

山丹丹记得自己的岁数。

我本想把这棵山丹丹带回呼和浩特，想了想，找了把铁锹，在老堡垒户的开满了蓝色党参花的土台上刨了个坑，把这棵山丹丹种上了。问老堡垒户："能活？"

"能活。这东西，皮实。"

大青山到处是山丹丹，开七朵花、八朵花的，多的是。

山丹丹花开花又落，一年又一年……

这支流行歌曲的作者未必知道，山丹丹过一年多开一朵花。唱歌的歌星就更不会知道了。

枸杞

枸杞到处都有。枸杞头是春天的野菜。采摘枸杞的嫩头，略焯过，切碎，与香干丁同拌，浇酱油、醋、香油；或入油锅爆炒，皆极清香。夏末秋初，开淡紫色小花，谁也不注意。随即结出小小的红色的卵形浆果，即枸杞子。我的家乡叫作狗奶子。

我在玉渊潭散步，在一个山包下的草丛里看见一对老夫妻弯着腰在找什么。他们一边走，一边搜索。走几步，停一停，弯腰。

"您二位找什么？"

"枸杞子。"

"有吗？"

老同志把手里一个罐头玻璃瓶举起来给我看，已经有半瓶了。

"不少！"

"不少！"

他解嘲似的哈哈笑了几声。

"您慢慢捡着！"

"慢慢捡着！"

看样子这对老夫妻是离休干部，穿得很整齐干净，气色很好。

他们捡枸杞子干什么？是配药？泡酒？看来都不完

全是。真要是需要，可以托熟人从宁夏捎一点或寄一点来。——听口音，老同志是西北人，那边肯定会有熟人。

他们捡枸杞子其实只是玩！一边走着，一边捡枸杞子，这比单纯的散步要有意思。这是两个童心未泯的老人，两个老孩子！

人老了，是得学会这样的生活。看来，这二位中年时也是很会生活，会从生活中寻找乐趣的。他们为人一定很好，很厚道。他们还一定不贪权势，甘于淡泊。夫妻间一定不会为柴米油盐、儿女婚嫁而吵嘴。

从钓鱼台到甘家口商场的路上，路西，有一家的门头上种了很大的一丛枸杞，秋天结了很多枸杞子，通红通红的，礼花似的，喷泉似的垂挂下来，一个珊瑚珠穿成的华盖，好看极了。这丛枸杞可以拿到花会上去展览。这家怎么会想起在门头上种一丛枸杞？

槐 花

玉渊潭洋槐花盛开，像下了一场大雪，白得耀眼。来了放蜂的人。蜂箱都放好了，他的"家"也安顿了。一个刷了涂料的很厚的黑色的帆布篷子。里面打了两道土堰，上面架起几块木板，是床。床上一卷铺盖。地上排着油瓶、酱油瓶、醋瓶。一个白铁桶里已经有多半桶蜜。外面一个蜂窝煤炉子上坐着锅。一个女人在案板上切青蒜。锅开了,她往锅里下了一把干切面。不大会儿,面熟了,她把面捞在碗里,加了作料、撒上青蒜,在一个碗里舀了半勺豆瓣。一人一碗。她吃的是加了豆瓣的。

蜜蜂忙着采蜜,进进出出,飞满一天。

我跟养蜂人买过两次蜜,绕玉渊潭散步回来,经过他的棚子,大都要在他门前的树墩上坐一坐,抽一支烟,看他收蜜,刮蜡,跟他聊两句,彼此都熟了。

这是一个五十岁上下的中年人,高高瘦瘦的,身体像是不太好,他做事总是那么从容不迫,慢条斯理的。样子不像个农民,倒有点像一个农村小学校长。听口音,是石家庄一带的。他到过很多省,哪里有鲜花,就到哪里去。菜花开的地方,玫瑰花开的地方,苹果花开的地方,枣花开的地方。每年都到南方去过冬,广西、贵州。到了春暖,再往北翻。我问他是不是枣花蜜最好,他说是荆条花的蜜最好。这很出乎我的意外。荆条是个不起眼的东西,而且我从来没有见过荆条开花,想不到荆条花蜜却是最好的蜜。我想他每年收入应当不错,他说比一般农民要好一些,但是也落不下多少:蜂具,路费;而且每年要赔几十斤白糖,——蜜蜂冬天不采蜜,得喂它糖。

女人显然是他的老婆。不过他们岁数相差太大了。他五十了,女人也就是三十出头。而且,她是四川人,说四川话。我问他：你们是怎么认识的？他说：她是新繁县人。那年他到新繁放蜂，认识了。她说北方的大米好吃，就跟来了。

有那么简单？也许她看中了他的脾气好，喜欢这样安静平和的性格？也许她觉得这种放蜂生活，东南西北到处跑，好耍？这是一种农村式的浪漫主义。四川女孩子做事往往很洒脱，想咋个就咋个，不像北方女孩子有那么多考虑。他们结婚已经几年了。丈夫对她好，她对丈夫也很体贴。她觉得她的选择没有错，很满意，不后悔。我问养蜂人：她回去过没有？他说：回去过一次，一个人。他让她带了两千块钱，她买了好些礼物送人，风风光光地回了一趟新繁。

一天，我没有看见女人，问养蜂人，她到哪里去了。养蜂人说：到我那大儿子家去了，去接我那大儿子的孩子。他有个大儿子，在北京工作，在汽车修配厂当工人。

她抱回来一个四岁多的男孩，带着他在棚子里住了几天。她带他到甘家口商场买衣服，买鞋，买饼干，买冰糖葫芦。男孩子在床上玩鸡啄米，她靠着被窝用钩针给他钩一顶大红的毛线帽子。她很爱这个孩子。这种爱是完全非功利的，既不是讨丈夫的欢心，也不是为了和丈夫的儿子一家搞好关系。这是一颗很善良，很美的心。孩子叫她奶奶，奶奶笑了。

过了几天，她把孩子又送了回去。

过了两天，我去玉渊潭散步，养蜂人的棚子拆了，蜂箱集中在一起。等我散步回来，养蜂人的大儿子开来一辆卡车，把棚柱、木板、煤炉、锅碗和蜂箱装好，养蜂人两口子坐上车，卡车开走了。

玉渊潭的槐花落了。

北京的秋花

桂花

桂花以多为胜。《红楼梦》薛蟠的老婆夏金桂家"单有几十顷地种桂花",人称"桂花夏家"。"几十顷地种桂花",真是一个大观!四川新都桂花甚多。杨升庵祠在桂湖,环湖植桂花,自山坡至水湄,层层叠叠,都是桂花。我到新都谒升庵祠,曾作诗:

桂湖老桂发新枝,湖上升庵旧有祠。
一种风流谁得似,状元词曲罪臣诗。

杨升庵是才子,以一甲一名中进士,著作有七十种。他因"议大礼"获罪,充军云南,七十余岁,客死于永昌。陈老莲曾画过他的像,"醉则簪花满头",面色酡红,是喝醉了的样子。从陈老莲的画像看,升庵是个高个儿的胖子。但陈老莲恐怕是凭想象画的,未必即像升庵。

新都人为他在桂湖建祠，升庵死者有知，亦当欣慰。

北京桂花不多，且无大树。颐和园有几棵，没有什么人注意。我曾在藻鉴堂小住，楼道里有两棵桂花，是种在盆里的，不到一人高！

我建议北京多种一点桂花。桂花美荫，叶坚厚，入冬不凋。开花极香浓，干制可以做元宵馅、年糕。既有观赏价值，也有经济价值，何乐而不为呢？

菊花

秋季广交会上摆了很多盆菊花。广交会结束了，菊花还没有完全开残。有一个日本商人问管理人员："这些花你们打算怎么处理？"答云："扔了！"——"别扔，我买。"他给了一点钱，把开得还正盛的菊花全部包了，订了一架飞机，把菊花从广州空运到日本，张贴了很大的海报："中国菊展"。卖门票，参观的人很多。他捞了一大笔钱。这件事叫我有两点感想：一是日本商人真有商业头脑，任何赚钱的机会都不放过，我们的管理人员是老爷，到手的钱也抓不住。二是中国的菊花好，能得到日本人的赞赏。

中国人长于艺菊，不知始于何年，全国有几个城市的菊花都负盛名，如扬州、镇江、合肥，黄河以北，当以北京为最。菊花品种甚多，在众多的花卉中也许是最多的。

首先，有各种颜色。最初的菊大概只有黄色的。"鞠有黄华""零落黄花满地金"，"黄华"和菊花是同义词。后来就发展到什么颜色都有了。黄色的、白色的、紫的、红的、粉的，都有。挪威的散文家别伦·别尔生说各种花里只有菊花有绿色的，也不尽然，牡丹、芍药、月季都有绿的，但像绿菊那样绿得像初新的嫩蚕豆那样，确乎是没有。我几年前回乡，在公园里看到一盆绿菊，花大盈尺。

其次，花瓣形状多样，有平瓣的、卷瓣的、管状瓣的。在镇江焦山见过一盆"十丈珠帘"，细长的管瓣下垂到地，说"十丈"当然不会，但三四尺是有的。

北京菊花和南方的差不多，狮子头、蟹爪、小鹅、金背大红……南北皆相似，有的连名字也相同。如一种浅红的瓣，极细而卷曲如一头乱发的，上海人叫它"懒梳妆"，北京人也叫它"懒梳妆"，因为得其神韵。

有些南方菊种北京少见。扬州人重"晓色"，谓其色如初日晓云，北京似没有。"十丈珠帘"，我在北京没见过。"枫叶芦花"，紫平瓣，有白色斑点，也没有见过。

我在北京见过的最好的菊花是在老舍先生家里。老舍先生每年要请北京市文联、文化局的干部到他家聚聚，一次是腊月，老舍先生的生日（我记得是腊月二十三）；一次是重阳节左右，赏菊。老舍先生的哥哥很会莳弄菊花。花很鲜艳；菜有北京特点（如芝麻酱炖黄花鱼、"盒子菜"）；酒"敞开供应"，既醉既饱，至今不忘。

我不赞成搞菊山菊海，让菊花都按部就班，排排坐，或挤成一堆，闹闹嚷嚷。菊花还是得一棵一棵地看，一朵一朵地看。更不赞成把菊花缚扎成龙、成狮子，这简直是糟蹋了菊花。

秋葵·鸡冠·凤仙·秋海棠

秋葵我在北京没有见过，想来是有的。秋葵是很好种的，在篱落、石缝间随便丢几个种子，即可开花。或不烦人种，也能自己开落。花瓣大、花浅黄，淡得近乎没有颜色，瓣有细脉，瓣内侧近花心处有紫色斑。秋葵风致楚楚，自甘寂寞。不知道为什么，秋葵让我想起女道士。秋葵亦名鸡脚葵，以其叶似鸡爪。

我在家乡县委招待所见一大丛鸡冠花，高过人头，花大如扫地笤帚，颜色深得吓人一跳。北京鸡冠花未见有如此之粗野者。

凤仙花可染指甲，故又名指甲花。凤仙花捣烂，入少矾，敷于指尖，即以凤仙叶裹之，隔一夜，指甲即红。凤仙花茎可长得很粗，湖南人或以入臭坛腌渍，以佐粥，味似臭苋菜秆。

秋海棠北京甚多，齐白石喜画之。齐白石所画，花梗颇长，这在我家那里叫作"灵芝海棠"。诸花多为五瓣，唯秋海棠为四瓣。北京有银星海棠，大叶甚坚厚，上洒银星，秆亦高壮，简直近似木本。我对这种孙二娘似的海棠不大感兴趣。我所不忘的秋海棠总是伶仃瘦弱的。我的生母得了肺病，怕"过人"——传染别人，独自卧病，在一座偏房里，我们都叫那间小屋为"小房"。她不让人去看她，我的保姆要抱我去让她看看，她也不同意。因此我对我的母亲毫无印象。她死后，这间"小房"成了堆放她的嫁妆的储藏室，成年锁着。我的继母偶尔打开，取一两件东西，我也跟了进去。"小房"外面有一个小天井，靠墙有一个秋叶形的小花坛，不知道是谁种了两三棵秋海棠，也没有人管它，它到秋天竟也开花。花色苍白，样子很可怜。不论在哪里，我每看到秋海棠，总要想起我的母亲。

黄栌·爬山虎

霜叶红于二月花。

西山红叶是黄栌，不是枫树。我觉得不妨种一点枫树，这样颜色更丰富些。日本枫娇红可爱，可以引进。

近年北京种了很多爬山虎，入秋，爬山虎叶转红。

沿街的爬山虎红了。

北京的秋意浓了。

淡淡秋光

秋葵·凤仙花·秋海棠

秋葵叶似鸡脚,又名鸡脚葵、鸡爪葵。花淡黄色,淡若无质。花瓣内侧近蒂处有檀色晕斑。花心浅白,柱头深紫。秋葵不是名花,然而风致楚楚。古人诗说秋葵似女道士,我觉得很像,虽然我从未见过一个女道士。

凤仙花有单瓣、复瓣。单瓣者多为水红色。复瓣者为深红、浅红、白色。复瓣者花似小牡丹,只是看不见花蕊。花谢,结小房如玉搔头。凤仙花极易活,子熟,花房裂破,子实落在泥土、砖缝里,第二年就会长出一棵一棵的凤仙花,不烦栽种。凤仙花可染指甲。凤仙花捣烂,少加矾,用花叶包于指尖,历一夜,第二天指甲就成了浅浅的红颜色。北京人即谓凤仙为"指甲花"。现在大概没有用凤仙花染指甲的了,除非偏远山区的女孩子。

我们那里的秋海棠只有一种,矮矮的草本,开浅红色四瓣的花,中缀黄色的花蕊如小绒球。像北京的银星海棠那样硬秆、大叶、繁花的品种是没有的。

我母亲生肺病后（那年我才三岁）移居在一小屋中，与家人隔离。她死后，这间小屋就成了堆放她生前所用家具什物的贮藏室。有时需要取用一件什么东西，我的继母就打开这间小屋，我也跟着进去看过。这间小屋外面有一小天井，靠墙有一个秋叶形的小花坛。花坛里开着一丛秋海棠。也没有人管它，它自开自落。我母亲没有给我留下什么记忆。我记得的只有两件事。一件是我父亲陪母亲乘船到淮安去就医，把我带在身边。船篷里挂了好些船家自腌的大头菜（盐腌的，白色，有点像南浔大头菜，不像云南的"黑芥"），我一直记着这大头菜的气味。另一件便是这丛秋海棠。我记住这丛秋海棠的时候，我母亲去世已经有两三年了。我并没有感伤情绪，不过看见这丛秋海棠，总会想到母亲去世前是住在这里的。

香橼·木瓜·佛手

我家的"花园"里实在没有多少花。花园里有一座"土山"。这"土山"不知是怎么形成的，是一座长长的隆起的土丘。"山"上只有一棵龙爪槐，旁枝横出，可以倚卧。我常常带了一块带筋的酱牛肉或一块榨菜，半躺在横枝上看小说、读唐诗。"山"的东麓有两棵碧桃，一红一白，春末开花极繁盛。"山"的正面却种了四棵香橼。我不知道我的祖父在开园堆山时为什么要栽了这样几棵树。这玩意就是"橘逾淮南则为枳"的枳（其实这是不对的，橘与枳自是两种）。这是很结实的树。木质坚硬，树皮紧细光滑。叶片经冬不凋，深绿色。树枝有硬刺。春天开白色的花。花后结圆球形的果，秋后成熟。香橼不能吃，瓤极酸涩，很香，不过香得不好闻。凡花果之属有香气者，总要带点甜味才好，香橼的香气里却带有苦味。香橼很肯结，树上累累的都是深绿色的果子。香橼算是我家的"特产"，可以摘了送人，但似乎不受欢迎。没有什么用处，只好听它自己碧绿地垂在枝头。到了冬天，皮色变黄了，放在盘子里，摆在水仙花旁边，也还有点意思，其时已近春节了。总之，香橼不是什么佳果。

香橼皮晒干，切片，就是中药里的枳壳。

花园里有一棵木瓜，不过不大结。我们所玩的木瓜都是从水果摊上买来的。所谓"玩"，就是放在衣口袋里，不时取出来，凑在鼻子跟前闻闻。——那得是较小的，没有人在口袋里揣一个茶叶罐大小的木瓜的。木瓜香味很好闻。屋子里放几个木瓜，一屋子随时都是香的，使人心情恬静。

我们那里木瓜是不吃的。这东西那么硬，怎么吃呢？华南切为小薄片，制为蜜饯。——厦门人是什么都可以做蜜饯的,加了很多味道奇怪的药料。昆明水果店将木瓜切为大片,泡在大玻璃缸里。有人要买,随时用筷子夹出两片。很嫩,很脆,很香。泡木瓜的水里不知加了什么,否则这木头一样的瓜怎么会变得如此脆嫩呢?中国人从前是吃木瓜的。《东京梦华录》载"木瓜水",这大概是一种饮料。

佛手的香味也很好。不过我真不知道一个水果为什么要长得这么奇形怪状!佛手颜色嫩黄可爱。《红楼梦》贾母提到一个蜜蜡佛手,蜜蜡雕为佛手,颜色、质感都近似,设计这件摆设的工匠是个聪明人。蜜蜡不是很珍贵的玉料,但是能够雕成一个佛手那样大的蜜蜡却少见,贾府真是富贵人家。

佛手、木瓜皆可泡酒。佛手曲微有黄色,木瓜酒却是红色的。

橡 栗

橡栗即"狙公赋芧"的芧,不知道为什么我们小时候却叫它"茅栗子"。这是"形近而讹"么?不过我小时候根本不认得这个"芧"字。橡即栎。我们也不认得"栎"字,只是叫它"茅栗子树"。我们那里茅栗子树极少,只有西门外小校场的西边有一棵，很大。到了秋天，茅栗子熟了，落在地下，我们就去捡茅栗子玩。茅栗有什么好玩的？形状挺有趣，有一点像一个小坛子，不过底是尖的。皮色浅黄，很光滑。如此而已。我们有时在它的像个小盖子似的蒂部扎一个小窟窿，插进半截火柴棍，成了一个"捻捻转"。用手一捻，它就在桌面上旋转，像一个小陀螺。如此而已。

小校场是很偏僻的地方，附近没有什么人家。有一回，我和几个女同学去捡茅栗子，天黑下来了，我们忽然有些害怕，就赶紧往城里走。路过一家孤零零的人家门外，门前站着一个岁数不大的人，说："你们要茅栗子么？我家里有！"我们立刻感到：这是个坏人。我们没有搭理他，只是加快了脚步，拼命地走。我是同学里的唯一的男子汉，便像一个勇士似的走在最后。到了城门口，发现这个坏人没有跟上来，才松了一口气。当时的紧张心情，我过了很多年还记得。

梧 桐

一叶落而知天下秋，梧桐是秋的信使。梧桐叶大，易受风。叶柄甚长，叶柄与树枝连接不很结实，好像是粘上去的。风一吹，树叶极易脱落。立秋那天，梧桐树本来好好的，碧绿碧绿，忽然一阵小风，欻的一声，飘下一片叶子，无事的诗人吃了一惊：啊！秋天了！其实只是桐叶易落，并不是对于时序有特别敏感的"物性"。梧桐落叶早，但不是很快就落尽。《唐明皇秋夜梧桐雨》证明秋后梧桐还是有叶子的，否则雨落在光秃秃的枝干上，不会发出使多情的皇帝伤感的声音。据我的印象，梧桐大批地落叶，已是深秋，树叶已干，梧桐籽已熟。往往是一夜大风，第二天起来一看，满地桐叶，树上一片也不剩了。

梧桐籽炒食极香，极酥脆，只是太小了。

我的小学校园中有几棵大梧桐，大风之后，我们就争着捡梧桐叶。我们要的不是叶片，而是叶柄。梧桐叶柄末端稍稍鼓起，如一小马蹄。这个小马蹄纤维很粗，可以磨墨。所谓"磨墨"，其实是在砚台上注了水，用粗纤维的叶柄来回磨蹭，把砚台上干硬的宿墨磨化了，可以写字了而已。不过我们都很喜欢用梧桐叶柄来磨墨，好像这样磨出的墨写出字来特别的好。一到梧桐落叶那几天，我们的书包里都有许多梧桐叶柄，好像这是什么宝贝。对于这样毫不值钱的东西的珍视，是可以不当一回事的么？不啊！这里凝聚着我们对于时序的感情。这是"俺们的秋天"。

岁朝清供

"岁朝清供"是中国画家爱画的画题。明清以后画这个题目的尤其多。任伯年就画过不少幅。画里画的、实际生活里供的,无非是这几样:天竹果、蜡梅花、水仙。有时为了填补空白,画里加两个香橼。"橼"谐音圆,取其吉利。水仙、蜡梅、天竹,是取其颜色鲜丽。隆冬风厉,百卉凋残,晴窗坐对,眼目增明,是岁朝乐事。

我家旧园有蜡梅四株,主干粗如汤碗,近春节时,繁花满树。这几棵蜡梅磬口檀心,本来是名贵的,但是我们那里重白心而轻檀心,称白心者为"冰心",而给檀心的起一个不好听的名字:"狗心"。我觉得狗心蜡梅也很好看。初一一早,我就爬上树去,选择一大枝——要枝子好看,花蕾多的,拗折下来——蜡梅枝脆,极易折,插在大胆瓶里。这枝蜡梅高可三尺,很壮观。天竹我们家也有一棵，在园西墙角。不知道为什么总是长不大，细弱伶仃，结果也少。我不忍心多折，只是剪两三穗，插进胆瓶，为蜡梅增色而已。

我走过很多地方，像我们家那样粗壮的蜡梅还没有见过。

在安徽黟县参观古民居，几乎家家都有两三丛天竹。有一家有一棵天竹，结了那么多果子，简直是岂有此理！而且颜色是正红的，——一般天竹果都偏一点紫。我驻足看了半天，已经走出门了，又回去看了一会。大概黟县土壤气候特宜天竹。

在杭州茶叶博物馆，看见一个山坡上种了一大片天竹。我去时不是结果的时候，不能断定果子是什么颜色的，但看梗干枝叶都作深紫色，料想果子也是偏紫的。

任伯年画天竹，果极繁密。齐白石画天竹，果较疏，粒大，而色近朱红，叶亦不作羽状。或云此别是一种，湖南人谓之草天竹，未知是否。

养水仙得会"刻"，否则叶子长得很高，花弱而小，甚至花未放蕾即枯瘪。但是画水仙都还是画完整的球茎，极少画刻过的，即福建画家郑乃珖也不画刻过的水仙。刻过的水仙花美，而形态不入画。

北京人家春节供蜡梅、天竹者少，因不易得。富贵人家常在大厅里摆两盆梅花（北京谓之"干枝梅"，很不好听），在泥盆外加开光粉彩或景泰蓝套盆，很俗气。

穷家过年，也要有一点颜色。很多人家养一盆青蒜。这也算代替水仙了吧。或用大变萝卜一个，削去尾，挖去肉，空壳内种蒜，铁丝为箍，以线挂在朝阳的窗下，蒜叶碧绿，萝卜皮通红，萝卜缨翻卷上来，也颇悦目。

广州春节有花市，四时鲜花皆有。曾见刘旦宅画"广州春节花市所见"，画的是一个少妇的背影，背篼里背着一个娃娃，右手抱一大束各种颜色的花，左手拈花一朵，微微回头逗弄娃娃，少妇著白上衣，银灰色长裤，身材很苗条。穿浅黄色拖鞋。轻轻两笔，勾出小巧的脚跟。很美。这幅画最动人处，正在脚跟两笔。

这样鲜艳的繁花，很难说是"清供"了。

曾见一幅旧画：一间茅屋，一个老者手捧一个瓦罐，内插梅花一枝，正要放到案上，题目："山家除夕无他事，插了梅花便过年。"这才真是"岁朝清供"！

菌小谱

南方的很多地方把冬菇叫香蕈（xùn）。长江以北似不产冬菇。

我小时常随祖母到观音庵去。祖母吃长斋，杀生日都在庵中过。素席上总有一道菜：香蕈饺子。香蕈汤一大碗先上桌，素馅饺子油炸至酥脆，倾入汤，刺啦一声，香蕈香气四溢，味殊不恶。这种做法近似口蘑锅巴，只是口蘑锅巴的汤是荤汤。香蕈饺子如用荤汤，当更味重，但饺子似宜仍用素馅，取其有蔬笋气，不压冬菇香味。

冬菇当以凉水发，方能保持香气。如以热水发，味减。

冬菇干制，可以致远。吃过鲜冬菇的人不多。我在井冈山吃过。大井山上有一个五保户老妈妈，生产队特批她砍倒一棵椴树生冬菇。冬菇源源不绝地生长。房东老邹隔两三天就为我们去买半篮。以茶油炒，鲜嫩腴美，不可名状。或以少许腊肉同炒，更香。鲜菇之外，青菜汤一碗，辣腐乳一小碟。红米饭三碗，顷刻下肚，意犹未足。

我在昆明住过七年，离开已四十年，不忘昆明的菌子。

雨季一到，诸菌皆出，空气里一片菌子气味。无论贫富，都能吃到菌子。

常见的是牛肝菌、青头菌。牛肝菌菌盖正面色如牛肝。其特点是背面无菌褶，是平的，只有无数小孔，因此菌肉很厚，可切成薄片，宜于炒食。入口滑细，极鲜。炒牛肝菌要加大量蒜片，否则吃了会头晕。菌香、蒜香扑鼻，直入脏腑。牛肝菌价极廉，青头菌稍贵。青头菌菌盖正面微带苍绿色，菌褶雪白，烩或炒，宜放盐，用酱油颜色就不好看了。或以为青头菌格韵较高，但也有人偏嗜牛肝菌，以其滋味较为强烈浓厚。

最名贵是鸡㙡，鸡㙡之名甚奇怪。"㙡"字别处少见。为什么叫"鸡㙡"，众说不一。这东西生长的地方也奇怪，生在田野间的白蚁窝上。为什么专长在白蚁窝上，这道理连专家也没弄明白。

鸡㙡菌菌盖小而菌把粗长，吃的主要便是形似鸡大腿的菌把。鸡㙡是菌中之王。味道如何？真难比方。可以说这是植物鸡。味正似当年的肥母鸡，但鸡肉粗而菌肉细腻，且鸡肉无此特殊的菌子香气。昆明甬道街有一家不大的云南馆子，制鸡㙡极有名。

菌子里味道最深刻（请恕我用了这样一个怪字眼）、

样子最难看的，是干巴菌。这东西像一个被踩破的马蜂窝，颜色如半干牛粪，乱七八糟，当中还夹杂了许多松毛、草茎，择起来很费事。择出来也没有大片，只是螃蟹小腿肉粗细的丝丝。洗净后，与肥瘦相间的猪肉、青辣椒同炒，入口细嚼，半天说不出话来。干巴菌是菌子，但有陈年宣威火腿香味、宁波油浸糟白鱼鲞香味、苏州风鸡香味、南京鸭胗肝香味，且杂有松毛清香气味。干巴菌晾干，加辣椒同腌，可以久藏，味与鲜时无异。

样子最好看的是鸡油菌。个个正圆，银圆大，嫩黄色，但据说不好吃。干巴菌和鸡油菌，一个中吃不中看，一个中看不中吃！

未有人工培养的"洋蘑菇"之前，北京菜市偶尔有鲜蘑卖，是野生的，大概是柳蘑。肉片烩鲜蘑是一道时菜。五芳斋（旧在东安市场内）烩鲜蘑制作精细，无土腥气。但柳蘑没有多大吃头，只是吃个新鲜而已。

口蘑不像冬菇一样可以人工种植。口蘑生长的秘密，好像到现在还没有揭开。口蘑长在草原上。很怪，只长在"蘑菇圈"上。草原上往往有一个相当大的圆圈，正圆，圈上的草长得特别绿，绿得发黑，这就是蘑菇圈。九月间，雨晴之后，天气潮闷，这是出蘑菇的时候。远远一看，蘑菇圈从草间一点一点的白的，那是蘑菇出来了。蘑菇圈是固定的。今年这里出蘑菇，明年还出。蘑菇圈的成因，谁也说不明白。有人说这地方曾扎过蒙古包，蒙古人

有人说葡萄不开花，哪能呢？只是葡萄花很小，颜色淡黄微绿，不钻进葡萄架是看不出的。而且它开花期很短。很快，就结出了绿豆大的葡萄粒。

万 物 可 爱

把吃剩的羊骨头、羊肉汤倒在蒙古包的周围，这一圈土特别肥沃，故草色浓绿，长蘑菇。这是想当然耳。有人曾挖取蘑菇圈的土，移之室内，布入口蘑菌丝，希望获得人工驯化的口蘑，没有成功。

口蘑品类颇多。我曾在张家口沙岭子农业科学研究所画过一套《口蘑图谱》，皆以实物置之案前摹写（口蘑颜色差别不大，皆为灰白色，只是形体有异，只需用钢笔蘸炭黑墨水描摹即可。不着色，亦为考虑印制方便故），自信对口蘑略有认识。口蘑主要的品种有：

黑蘑。菌褶棕黑色，此为最常见者。菌行称之为"黑片蘑"，价贱，但口蘑味仍甚浓。北京涮羊肉锅子中、浇豆腐脑的羊肉卤中及"炸丸子开锅"的铜锅里，所放的都是黑片蘑。"炸丸子开锅"所放的只是口蘑渣，无整只者。

白蘑。白蘑较小（黑蘑有大如碗口的），菌盖、菌褶都是白色。白蘑味极鲜。我曾在沽源采到一枚白蘑，干制后带回北京，一只白蘑做了一大碗汤，全家人喝了，都说比鸡汤还鲜。——那是"三年困难"时期，若是现在，恐怕就不能那样香美了。

鸡腿子。菌把粗长，近根部鼓起，状如鸡腿。

青腿子。形状似鸡腿子，但微绿。——干制后亦只是灰白色，几与鸡腿子无异。

鸡腿子、青腿子很少见，即张家口口蘑庄号中也不易买到。

此外还有"庙自行""蘑菇丁"……那都是商号巧立名目，其实不是特别的品种。

口蘑采得，即须穿线晾干，否则极易生蛆。口蘑干制后方有香味。我吃过自采的鲜口蘑，一点也不香，这也很奇怪。发口蘑当用开水。至少须发一夜。口蘑发胀后，将水滗出，这就是口蘑汤。口蘑菌褶中有沙，不可用手搓洗。以手搓，则沙永远不能清除，吃起来会牙碜。只能把发过的口蘑放入大碗中，满注清水，用筷子像打鸡蛋似的反复打。泥沙沉底后，换水再打。大约得换三四次水，打上千下，至碗内不复再有泥沙后，再用指抠去泥根。

口蘑宜重荤大油（制素什锦一般只用香菇，少有用口蘑者）。《老残游记》提到口蘑炖鸭，自是佳品。我曾在沽源吃过口蘑羊肉哨子（"哨"字我始终不知该怎么写）蘸莜面，三者相得益彰，为平生难忘的一次口福。在呼和浩特一家饭馆吃过一盘炒口蘑，极滑润，油皆透入口蘑片中，盖以慢火炒成，虽名为炒，实是油焖。即口蘑煨南豆腐，亦须荤汤，方出味。

湖南极重菌油。秋凉时，长沙饭馆多卖菌油豆腐、菌油面，味道很好，但不知是何种菌耳。

中国种植"洋蘑菇"的历史不久。最初引进的是平蘑，即圆蘑菇。这东西种起来也很简单，但要花一笔"基本建设"的钱。马粪、铡细的稻草，拌匀，即为培养基土，装入无盖的木箱中，布入菌丝，一箱一箱逐层置在木架上，用不了几天，就会出蘑。平蘑在室内栽培，露地不能生长。室内须保持一定的湿度和温度。平蘑生长甚快。我在沙岭子农科所画口蘑谱，在蘑菇房外面的一间小办公室里。我在外面画，它在里面长。我画完一张，进去看看，每只木箱中都已经长出白白的一层蘑菇。平蘑一茬接一茬，每天可采。

春节加菜：新采未开伞的平蘑切薄片，加大量蒜黄、瘦猪肉同炒，一大盘，很解馋。平蘑片炒蒜黄，各种菜谱皆未载。这种搭配是很好的。平蘑要现采的，罐头平蘑不中吃。

北京近年菜市上平蘑少，但有大量的凤尾菇。乍出时，北京人觉得很新鲜，现在有点卖不动了。看来北京郊区洋蘑菇生产有点过剩了。

冬天的树(节选)

冬天的树,伸出细细的枝子,像一阵淡紫色的烟雾。

冬天的树,像一些铜板蚀刻。

冬天的树,简练,清楚。

冬天的树,现出了它的全身。

冬天的树,落尽了所有的叶子,为了不受风的摇撼。

冬天的树,轻轻地,轻轻地呼吸着,树梢隐隐地起伏。

冬天的树在静静地思索。

(这是冬天了,今年真不算冷。空气有点潮湿起来,怕是要下一场小雨了吧。)

冬天的树,已经出了一些比米粒还小的芽苞,裹在黑色的鞘壳里,偷偷地露出一点娇红。

冬天的树,很快就会吐出一朵一朵透明的,嫩绿的新叶,像一朵一朵火焰,飘动在天空中。

很快,就会满树都是繁华的,丰盛的浓密的绿叶,在丽日和风之中,兴高采烈,大声地喧哗。

草木春秋

木芙蓉

浙江永嘉多木芙蓉。市内一条街边有一棵，干粗如电线杆，高近二层楼，花多而大，他处少见。楠溪江边的村落，村外、路边的茶亭（永嘉多茶亭，供人休息、喝茶、聊天）檐下，到处可以看见芙蓉。

芙蓉有一特别处，红白相间。初开白色，渐渐一边变红，终至整个的花都是桃红的。花期长，掩映于手掌大的浓绿的叶丛中，欣然有生意。

我曾向永嘉市领导建议，以芙蓉为永嘉市花，市领导说永嘉已有市花，是茶花。

后来听说温州选定茶花为温州市花，那么永嘉恐怕得让一让。永嘉让出茶花，永嘉市花当另选。那么，芙蓉被选中，还是有可能的。

永嘉为什么种那么多木芙蓉呢？问人，说是为了打草鞋。芙蓉的树皮很柔韧结实，剥下来撕成细条，打成草鞋，穿起来很舒服，且耐走长路，不易磨通。

现在穿树皮编的草鞋的人很少了，大家都穿塑料凉鞋、旅游鞋。但是到处都还在种木芙蓉，这是一种习惯。于是芙蓉就成了永嘉城乡一景。

南瓜子豆腐和皂角仁甜菜

在云南腾冲吃了一道很特别的菜。说豆腐脑不是豆腐脑，说鸡蛋羹不是鸡蛋羹。滑、嫩、鲜，色白而微微带点浅绿，入口清香。这是豆腐吗？是的，但是用鲜南瓜子去壳磨细"点"出来的。很好吃。中国人吃菜真能别出心裁，南瓜子做成豆腐，不知是什么朝代，哪一位美食家想出来的！

席间还有一道甜菜，冰糖皂角米。皂角我的家乡颇多。一般都用来泡水，洗脸洗头，代替肥皂。皂角仁蒸熟，妇女绣花，把线在皂仁上"光"一下，绒不散，且光滑，便于入针。没有吃它的。到了昆明，才知道这东西可以吃。昆明过去有专卖蒸菜的饭馆，蒸鸡、蒸排骨，都放小笼里蒸，小笼垫底的是皂角仁，蒸得了晶莹透亮，嚼起来有韧劲，好吃。比用红薯、土豆衬底更有风味。但知道可以做甜菜，却是在腾冲。这东西很滑，进口略不停留，即入肠胃。

我知道皂角仁的"物性",警告大家不可多吃。一位老兄吃得口爽,弄了一饭碗,几口就喝了。未及终席,他就奔赴厕所,飞流直下起来。

皂角仁卖得很贵,比莲子、桂圆、西米都贵,只有卖干果、山珍的大食品店才有得卖,普通的副食店里是买不到的。

近几年时兴"皂角洗发膏",皂角恢复了原来的功能,这也算是"以故为新"吧。

车前子

车前子的样子很有趣。叶贴地而长,近卵形,有长柄。在自由伸向四面的叶丛中央抽出细长的花梗,顶端有穗形花序,直立着。穗不多,少的只有一穗。画家常画之为点缀。程十发即喜画。动画片中好像少不了它。不知道为什么,这东西有一种童话情趣。

车前子可利小便,这是很多农民都知道的。

张家口的山西梆子剧团有一个唱"红"(老生)的演员,经常在几县的"堡"(张家口人称镇为"堡")演唱,不受欢迎,农民给他起了个外号:"车前子"。怎么给他起了这么个外号呢？因为他一出台，农民观众即纷纷起身上厕所，这位"红"利小便。

这位唱"红"的唱得起劲，观众就大声喊叫："快去，快，赶紧拿咸菜！"这又是怎么回事呢？吃白薯吃得太多了，烧心反胃，嚼一块咸菜就好了。这位演员的嗓音叫人听起来烧心。

农民有时是很幽默的。

搞艺术的人千万不能当"车前子"，不能叫人烧心反胃。

紫穗槐

在戴了"右派分子"的帽子以后，我曾经被发到西山种树。在石多土少的山头用镢头刨坑。实际上是在石头上硬凿出一个一个的树坑来，再把凿碎的砂石填入，用九齿耙耧平。山上寸土寸金，树坑就山势而凿，大小形状不拘。这是个非常重的活。我成了"右派"后所从事的劳动，以修十三陵水库和这次西山种树的活最重。那真是玩了命。

一早，就上山，带两个干馒头、一块大腌萝卜。顿顿吃大腌萝卜，这不是个事。已经是秋天了，山上的酸枣熟了,我们摘酸枣吃。草里有蝈蝈,烧蝈蝈吃!蝈蝈得是三尾的,腹大,多子。一会儿就能捉半土筐。点一把火,把蝈蝈往火里一倒,哔哔剥剥,熟了。咬一口大腌萝卜,嚼半个烧蝈蝈,就馒头,香啊。人不管走到哪一步,总得找点乐子,想一点办法,老是愁眉苦脸的,干吗呢!

我们刨了坑,放着,当时不种,得到明年开了春,再种。据说要种的是紫穗槐。

紫穗槐我认识,枝叶近似槐树,抽条甚长,初夏开紫花,花似紫藤而颜色较紫藤深,花穗较小,瓣亦稍小。风摇紫穗,姗姗可爱。

紫穗槐的枝叶皆可为饲料,牲口爱吃,上膘。条可编筐。

刨了二十多天树坑,我就告别西山八大处回原单位等候处理,从此再也没有上过山。不知道我们刨的那些坑里种上紫穗槐了没有。再见,紫穗槐!再见,大腌萝卜!再见,蝈蝈!

阿格头子灰背青

敕勒川,阴山下。天似穹庐,笼盖四野。天苍苍,野茫茫,风吹草低见牛羊。

北齐斛律金这首用鲜卑语唱的歌公认是北朝乐府的杰作，写草原诗的压卷之作，苍茫雄浑，前无古人，后无来者。一千多年以来，不知道有多少"南人"，都从"风吹草低见牛羊"一句诗里感受到草原景色，向往不置。

但是这句诗有夸张成分，是想象之词。真到草原去，是看不到这样的景色的。我曾四下内蒙古，到过呼伦贝尔草原、达茂旗的草原、伊克昭盟的草原，还到过新疆的唐巴拉牧场，都不曾见过"风吹草低见牛羊"。张家口坝上沽源的草原的草，倒是比较高，但也藏不住牛羊。论好看，要数沽源的草原好看。草很整齐，叶细长，好像梳过一样，风吹过，起伏摇摆如碧浪。这种草是什么草？问之当地人，说是"碱草"，我怀疑这可能是"草菅人命"的"菅"。"碱草"的营养价值不是很高。

营养价值高的牧草有阿格头子、灰背青。

陪同我们的老曹唱他的爬山调：

阿格头子灰背青，
四十五天到新城。

他说灰背青叶子青绿而背面是灰色的。"阿格头子"是蒙古话。他拔起两把草叫我们看，且问一个牧民：

"这是阿格头子吗？"

"阿格！阿格！"

这两种草都不高，也就三四寸，几乎是贴地而长。叶片肥厚而多汁。

"阿格头子灰背青，四十五天到新城。"老曹年轻时拉过骆驼，从呼和浩特驮货到新疆新城，一趟得走四十五天。那么来回就得三个月。在多见牛羊少见人的大草原上拉着骆驼一步一步地走，这滋味真难以想象。

老曹是个有趣的人。他的生活知识非常丰富，大青山的药材、草原上的草，他没有不认识的。他知道很多故事，很会说故事。单是狼，他就能说一整天。都是实在经验过的，并非道听途说。狼怎样逗小羊玩，小羊高了兴，跳起来，过了圈羊的荆笆，狼一口就把小羊叼走了；狼会出痘，老狼把出痘子的小狼用沙埋起来，只露出几个小脑袋；有一个小号兵掏了三只小狼羔子，带着走，母狼每晚上跟着部队，哭，后来怕暴露部队目标，队长说服小号兵把小狼放了……老曹好说，能吃，善饮，喜交游。他在大青山打过游击，山里的堡垒户都跟他很熟，我们的吉普车上下山，他常在路口叫司机停一下，找熟人聊两句，帮他们买拖拉机，解决孩子入学……我们后来拜访了布赫同志，提起老曹，布赫同志说："他是个红火人。""红火人"这样的说法，我在别处没听见过。但是用之于老曹身上，很合适。

老曹后来在呼市负责林业工作。他曾到大兴安岭调查，购买树种，吃过犴鼻子（他说犴鼻子黏性极大，吃下一块，上下牙粘在一起，得使劲张嘴，才能张开。他做了一个当时使劲张嘴的样子，很滑稽）、飞龙。他负责林业时主要的业绩是在大青山山脚至市中心的大路两侧种了杨树，长得很整齐健旺。但是他最喜爱的是紫穗槐，是个紫穗槐迷，到处宣传紫穗槐的好处。

"文化大革命"，内蒙古大搞"内人党"问题，手段极其野蛮残酷，是全国少有的重灾区。老曹在劫难逃。他被捆押吊打，打断了踝骨。后经打了石膏，幸未致残，但是走起路来一拐一拐的。他还是那么"红火"，健谈豪饮。

老曹从小家贫，"成份"不高。他拉过骆驼，吃过很多苦。他在大青山打过游击，无历史问题，为什么要整他，要打断他的踝骨？为什么？

　　阿格头子灰背青，
　　四十五天到新城。

花和金鱼

从东珠市口经三里河、河舶厂，过马路一直往东，是一条横街。这是北京的一条老街了。也说不上有什么特点，只是有那么一种老北京的味儿。有些店铺是别的街上没有的。有一个每天卖豆汁儿的摊子，卖焦圈儿、马蹄烧饼，水疙瘩丝切得细得像头发。这一带的居民好像特别爱喝豆汁儿，每天晌午，有一个人推车来卖，车上搁一个可容一担水的木桶，木桶里有多半桶豆汁儿。也不吆喝，到时候就来了，老太太们准备好了坛坛罐罐等着。马路东有一家卖鞭哨、皮条、网绳等等骡车马车上用的各种配件。北京现在大车少了，来买的多是河北人。看了店堂里挂着的挺老长的白色的皮条、两股坚挺的竹子拧成的鞭哨，叫人有点说不出来的感动。有一家铺子在一个高台阶上，门外有一块小匾，写着"惜阴斋"。这是卖什么的呢？我特意上了台阶走进去看了看：是专卖老式木壳自鸣钟、怀表的，兼营擦洗钟表油泥、修配发条、油丝。"惜阴"用之于钟表店，挺有意思，不知是哪位一方名士给写的匾。有一个茶叶店，也有一块匾："今雨茶庄"（好几个人问过我这是什么意思）。其实这是一家夫妻店，什么"茶庄"！

两口子，有五十好几了，经营了这么个"茶庄"。他们每天的生活极其清简。大妈早起攒炉子、升火、坐水、出去买菜。老爷子扫地，擦拭柜台，端正盆花金鱼。老两口都爱养花、养鱼。鱼是龙睛，两条大红的，两条蓝的（他们不爱什么红帽子、绒球……）。鱼缸不大，飘着苲草。花四季更换。夏天，茉莉、珠兰（熟人来买茶叶，掌柜的会摘几朵鲜茉莉花或一小串珠兰和茶叶包在一起）；秋天，九花（老北京人管菊花叫"九花"）；冬天，水仙、天竺果。我买茶叶都到"今雨茶庄"买，近。我住河舶厂，出胡同口就是。我每次买茶叶，总爱跟掌柜的聊聊，看看他的花。花并不名贵，但养得很有精神。他说："我不瞧戏，不看电影，就是这点爱好。"

我被打成了"右派"，就离开了河舶厂。过了十几年，偶尔到三里河去，想看"今雨茶庄"还在不在，没找到。问问老住户，说："早没有了！"——"茶叶店掌柜的呢？"——"死了！叫红卫兵打死了！"——"干吗打他？"——"说他是小业主；养花养鱼是'四旧'。老伴没几天也死了，吓死的！——这他妈的'文化大革命'！这叫什么事儿！"

云南茶花

很多地方在选市花,这是好事。想一想十年大乱时期,公园都成了菜园,现在真是大不相同了。选市花,说明人们有了闲情逸致。人有闲情逸致,说明国运昌隆。

有些市的市民对市花有不同意见,一时定不下来。昆明的市花是不会有争议的。如果市民投票,一定会一致通过:茶花。几十年前昆明就选过一次(那时别的市还没有选举市花之风)。现在再选,还会维持原议。

云南茶花,——滇茶,久负盛名。

张岱《陶庵梦忆·逍遥楼》云:"滇茶故不易得,亦未有老其材八十余年者。朱文懿公逍遥楼滇茶,为陈海樵先生手植,扶疏蓊翳,老而愈茂。诸文孙恐其力不胜葩,岁删其萼盈斛,然所遗落枝头,犹自燔山熠谷焉。"

鲁迅说张岱的文章每多夸张。这一篇看起来也像有些夸张,但并不,而且写得极好,得滇茶之神理。

昆明西山华亭寺有一棵大茶花。走进山门，越过站着四大金刚的门道，一抬头便看见通红的一大片。是得抬头的，因为茶花非常高大。华亭寺大雄宝殿前的石坪是很大的，这棵茶花几乎占了石坪的一小半。花皆如汤碗大，一朵一朵，像烧得炽旺的火球。张岱说滇茶"燔山熠谷"，是一点不错的。据说这棵茶花每年能开三百来朵。满树黑绿肥厚的大叶子衬托着，更显得热闹非常。这才真叫作大红大绿。这样的大红大绿显出一种强壮的生命力。华贵之极，却毫不俗气。这是一个夺人眼目的大景致。如果我的同乡人来看了，一定会大叫一声"乖乖咙的咚！"我不知道寺里的和尚是不是也"岁删其萼盈斛"，但是他们是怕这棵茶花负担不起这样多的大花的，便搭了一个杉木的架子，撑着四围的枝条。昆明茶花到处都有，而华亭寺的这一棵，大概要算最大的。

茶花的好处是花大，色浓，花期长，而树本极能耐久。华亭寺的茶花大概已经不止八十年了。

江西井冈山一带有一个风俗。人家生了孩子，孩子过周岁时，亲戚朋友送礼，礼物上都要放一枝带叶子的油茶。油茶常绿，越冬不凋，而且开了花就结果；茶果未摘，接着就开花。这是取一个吉兆，祝福这孩子活得像油茶一样强健。一个很美的风俗。我不知道油茶和山茶有没有亲属关系，我在思想上是把它们归为一类的。凡茶之类，都很能活。

中国是茶花的故乡。茶花分滇茶、浙茶。浙茶传到日本，又由日本传到美国。现在日本的浙茶比中国的好，美国的比日本的好。只有云南滇茶现在还是世界第一。

　　前几年，江西山里发现黄茶花，这是国宝。如果栽培成功，是可以换外汇的。

　　茶花女喜欢戴的是什么茶花？大概不是滇茶，滇茶太大。我想是浙茶。而且无端地觉得，是白的。

紫薇

唐朝人也不是都能认得紫薇花的。《韵语阳秋》卷第十六："白乐天诗多说别花，如《紫薇花诗》云'除却微之见应爱，世间少有别花人'……今好事之家，有奇花多矣，所谓别花人，未之见也。鲍溶作《仙檀花诗》寄袁德师侍御，有'欲求御史更分别'之句，岂谓是邪？"这里所说的"别"是分辨的意思。白居易是能"别"紫薇花的，他写过至少三首关于紫薇的诗。

《韵语阳秋》云：

> 白乐天作中书舍人，入直西省，对紫薇花而有咏曰："丝纶阁下文书静，钟鼓楼中刻漏长。独坐黄昏谁是伴，紫薇花对紫薇郎。"后又云："紫薇花对紫薇翁，名目虽同貌不同。"则此花之珍艳可知矣。爪其本则枝叶俱动，俗谓之"不耐痒花"。自五月开

至九月尚烂熳，俗又谓之"百日红"。唐人赋咏，未有及此二事者。本朝梅圣俞时注意此花。一诗赠韩子华，则曰"薄肤痒不胜轻爪，嫩干生宜近禁庐"；一诗赠王景彝，则曰："薄薄嫩肤搔鸟爪，离离碎叶剪城霞"，然皆著不耐痒事，而未有及百日红者。胡文恭在西掖前亦有三诗，其一云："雅当翻药地，繁极曝衣天"，注云："花至七夕犹繁，"似有百日红之意，可见当时此花之盛。省吏相传，咸平中，李昌武自别墅移植于此。晏元献尝作赋题于省中，所谓"得自羊墅，来从召园，有昔日之绛老，无当时之仲文"是也。

对于年轻的读者，需要作一点解释，"紫薇花对紫薇郎"是什么意思。紫薇花亦作紫薇郎，唐代官名，即中书侍郎。《新唐书·百官志二》注："开元元年，改中书省曰紫薇省，中书令曰紫薇令。"白居易曾为中书侍郎，故自称紫薇郎。中书侍郎是要到宫里值班的，独自坐在办公室里，不免有些寂寞，但是这也不是一般人所能谋得到的差事，诗里又透出几分得意。"紫薇花对紫薇郎"，使人觉得有点罗曼蒂克，其实没有。不过你要是有一点罗曼蒂克的联想，也可以。石涛和尚画过一幅紫薇花，题的就是白居易的这首诗。紫薇颜色很娇，画面很美，更易使人产生这是一首情诗的错觉。

从《韵语阳秋》的记载，我们可以知道两件事。一是"爪其本则枝叶俱动"。紫薇的树干的外皮易脱落，露出里面的"嫩肤"，嫩肤上留下外皮脱落后留下的一片一片的青色和白色的云斑。用指甲搔搔树干的嫩肤，确实是会枝叶俱动的。宋朝人叫它"不耐痒花"，现在很多地方叫它"怕痒痒树"或"痒痒树"。这到底是什么道理，好像没有人解释过。二是花期甚长。这是夏天的花。胡文恭说它"繁极曝衣天"，白居易说它"独占芳菲当夏景，不将颜色托春风"。但是它"花至七夕犹繁"。我甚至在飘着小雪的天气，还看见一棵紫薇花依然开着仅有的一穗红花！

我家的后园有一棵紫薇。这棵紫薇有年头了，主干有茶杯口粗，高过屋檐。一到放暑假，它开起花来，真是"繁"得不得了。紫薇花是六瓣的，但是花瓣皱缩，瓣边还有很多不规则的缺刻，所以根本分不清它是几瓣，只是碎碎叨叨的一球，当中还射出许多花须、花蕊。一个枝子上有很多朵花。一棵树上有数不清的枝子。真是乱。乱红成阵。乱成一团。简直像一群幼儿园的孩子放开了又高又脆的小嗓子一起乱嚷嚷。在乱哄哄的繁花之间还有很多赶来凑热闹的黑蜂。这种蜂不是普通的蜜蜂，个儿很大，有指头顶那样大，黑的，就是齐白石爱画的那种。我到现在还叫不出这是什么蜂。这种大黑蜂分量很重。它一落在一朵花上，抱住了花须，这一穗花就叫它压得沉了下来。它起翅飞去，花穗才挣回原处，还得哆嗦两下。

大黑蜂不像马蜂那样会做窠。它们也不像马蜂一样的群居，是单个生活的。在人家房檐的椽子下面钻一个圆洞，这就是它的家。我常常看见一个大黑蜂飞回来了，一收翅膀，钻进圆洞，就赶紧用一根细细的帐竿竹子捅进圆洞，来回地拧，它就在洞里嗯嗯地叫。我把竹竿一拔，啪的一声，它就掉到了地上。我赶紧把它捉起来，放进一个玻璃瓶里，盖上盖——瓶盖上用洋钉凿了几个窟窿。瓶子里塞了好些紫薇花。大黑蜂没有受伤，它只是摔晕过去了。过了一会，它缓醒过来了，就在花瓣之间乱爬。大黑蜂生命力很强，能活几天。我老幻想它能在瓶里呆熟了，放它出去，它再飞回来。可是不知什么时候，它仰面朝天，死了。

紫薇原产于中国中部和南部。白居易诗云："浔阳官舍双高树，兴善僧庭一大丛，何似苏州安置处，花堂栏下月明中。"这些都是偏南的地方。但是北方很早就有了，如长安。北京过去也有，但很少（北京人多不识紫薇）。近年北京大量种植，到处都是。街心花园几乎都有。选择这种花木来美化城市环境是很有道理的，因为它花繁盛，颜色多（多为胭脂红，也有紫色和白色的），花期长。但是似乎生长得很慢。密云水库大坝下的通道两侧，隔不远就有一棵紫薇。我每年夏天要到密云开一次会，年年到坝下散步，都看到这些紫薇。看了四年，它们好像还是那样大。

比起北京雨后春笋一样耸立起来的高楼，北京的花木的生长就显得更慢。因此，对花木要倍加爱惜。

蜡梅花

"雪花、冰花、蜡梅花……"我的小孙女这一阵老是唱这首儿歌。其实她没有见过真的蜡梅花,只是从我画的画上见过。

周紫芝《竹坡诗话》云:"东南之有蜡梅,盖自近时始。余为儿童时,犹未之见。元祐间,鲁直诸公方有诗,前此未尝有赋此诗者。政和间,李端叔在姑溪,元夕见之僧舍中,尝作两绝,其后篇云:'程氏园当尺五天,千金争赏凭朱栏。莫因今日家家有,便作寻常两等看。'观端叔此诗,可以知前日之未尝有也。"看他的意思,蜡梅是从北方传到南方去的。但是据我的印象,现在倒是南方多,北方少见,尤其难见到长成大树的。我在颐和园藻鉴堂见过一棵,种在大花盆里,放在楼梯拐角处。因为不是开花的时候,绿叶披纷,没有人注意。和我一起住在藻鉴堂的几个搞剧本的同志,都不认识这是什么。

我的家乡有蜡梅花的人家不少。我家的后园有四棵很大的蜡梅。这四棵蜡梅，从我记事的时候，就已经是那样大了。很可能是我的曾祖父在世的时候种的。这样大的蜡梅，我以后在别处没有见过。主干有汤碗口粗细，并排种在一个砖砌的花台上。这四棵蜡梅的花心是紫褐色的，按说这是名种，即所谓"檀心磬口"。蜡梅有两种，一种是檀心的，一种是白心的。我的家乡偏重白心的，美其名曰"冰心蜡梅"，而将檀心的贬为"狗心蜡梅"。蜡梅和狗有什么关系呢？真是毫无道理！因为它是狗心的，我们也就不大看得起它。

不过凭良心说，蜡梅是很好看的。其特点是花极多——这也是我们不太珍惜它的原因。物稀则贵，这样多的花，就没有什么稀罕了。每个枝条上都是花，无一空枝。而且长得很密，一朵挨着一朵，挤成了一串。这样大的四棵大蜡梅，满树繁花，黄灿灿的吐向冬日的晴空，那样的热热闹闹，而又那样的安安静静，实在是一个不寻常的境界。不过我们已经司空见惯，每年都有一回。

每年腊月，我们都要折蜡梅花。上树是我的事。蜡梅木质疏松，枝条脆弱，上树是有点危险的。不过蜡梅多枝杈，便于登踏，而且我年幼身轻，正是"一日上树能三回"的时候，从来也没有掉下来过。我的姐姐在下面指点着："这枝，这枝！——哎，对了，对了！"我们要的是横斜旁出的几枝，这样的不蠢；要的是几朵半开，多数是骨朵的，这样可以在瓷瓶里养好几天——如果是全开的，几天就谢了。

下雪了，过年了。大年初一，我早早就起来，到后园选摘几枝全是骨朵的蜡梅，把骨朵都剥下来，用极细的铜丝——这种铜丝是穿珠花用的，就叫作"花丝"，把这些骨朵穿成插鬓的花。我们县北门的城门口有一家穿珠花的铺子，我放学回家路过，总要钻进去看几个女工怎样穿珠花，我就用她们的办法穿成各式各样的蜡梅珠花。我在这些蜡梅珠子花当中嵌了几粒天竺果——我家后园的一角有一棵天竺。黄蜡梅、红天竺，我到现在还很得意：那是真很好看的。我把这些蜡梅珠花送给我的祖母，送给大伯母，送给我的继母。她们梳了头，就插戴起来。然后，互相拜年。我应该当一个工艺美术师的，写什么屁小说！

第二辑

把酒话桑麻

端午的鸭蛋

家乡的端午,很多风俗和外地一样。系百索子。五色的丝线拧成小绳,系在手腕上。丝线是掉色的,洗脸时沾了水,手腕上就印得红一道绿一道的。做香角子。丝线缠成小粽子,里头装了香面,一个一个串起来,挂在帐钩上。贴五毒。红纸剪成五毒,贴在门槛上。贴符。这符是城隍庙送来的。城隍庙的老道士还是我的寄名干爹。他每年端午节前就派小道士送符来,还有两把小纸扇。符送来了,就贴在堂屋的门楣上。一尺来长的黄色、蓝色的纸条,上面用朱笔画些莫名其妙的道道,这就能辟邪么?喝雄黄酒。用酒和的雄黄在孩子的额头上画一个王字,这是很多地方都有的。有一个风俗不知别处有不:放黄烟子。黄烟子是大小如北方的麻雷子的炮仗,只是里面灌的不是硝药,而是雄黄。点着后不响,只是冒出一股黄烟,能冒好一会。把点着的黄烟子丢在橱柜下面,说是可以熏五毒。小孩子点了黄烟子，常把它的一头抵在板壁上写虎字。写黄烟虎字笔画不能断，所以我们那里的孩子都会写草书的"一笔虎"。还有一个风俗，是端午节的午饭要吃"十二红"，就是十二道红颜色的菜。十二红里我只记得有炒红苋菜、油爆虾、咸鸭蛋，其余的都记不清，数不出了。也许十二红只是一个名目，不一定真凑足十二样。不过午饭的菜都是红的，这一点是我没有记错的，而且，苋菜、虾、鸭蛋，一定是有的。这三样，在我的家乡，都不贵，多数人家是吃得起的。

我的家乡是水乡，出鸭。高邮大麻鸭是著名的鸭种。鸭多，鸭蛋也多。高邮人也善于腌鸭蛋。高邮咸鸭蛋于是出了名。我在苏南、浙江，每逢有人问起我的籍贯，回答之后，对方就会肃然起敬："哦！你们那里出咸鸭蛋！"上海的卖腌腊的店铺里也卖咸鸭蛋，必用纸条特别标明："高邮咸蛋"。高邮还出双黄鸭蛋。别处鸭蛋也偶有双黄的，但不如高邮的多，可以成批输出。双黄鸭蛋味道其实无特别处，还不就是个鸭蛋！只是切开之后，里面圆圆的两个黄，使人惊奇不已。我对异乡人称道高邮鸭蛋，是不大高兴的，好像我们那穷地方就出鸭蛋似的！不过高邮的咸鸭蛋，确实是好，我走的地方不少，所食鸭蛋多矣，但和我家乡的完全不能相比！曾经沧海难为水，他乡咸鸭蛋，我实在瞧不上。袁枚的《随园食单·小菜单》有"腌蛋"一条。袁子才这个人我不喜欢，他的《食单》好些菜的做法是听来的，他自己并不会做菜。但是"腌蛋"这一条我看后却觉得很亲切，而且"与有荣焉"。文不长，录如下：

> 腌蛋以高邮为佳，颜色细而油多。高文端公最喜食之。席间，先夹取以敬客，放盘中。总宜切开带壳，黄白兼用；不可存黄去白，使味不全，油亦走散。

高邮咸蛋的特点是质细而油多。蛋白柔嫩，不似别处的发干、发粉，入口如嚼石灰。油多尤为别处所不及。鸭蛋的吃法，如袁子才所说，带壳切开，是一种，那是席间待客的办法。平常食用，一般都是敲破"空头"，用筷子挖着吃。筷子头一扎下去，吱——红油就冒出来了。高邮咸蛋的黄是通红的。苏北有一道名菜，叫作"朱砂豆腐"，就是用高邮鸭蛋黄炒的豆腐。我在北京吃的咸鸭蛋，蛋黄是浅黄色的，这叫什么咸鸭蛋呢！

端午节，我们那里的孩子兴挂"鸭蛋络子"。头一天，就由姑姑或姐姐用彩色丝线打好了络子。端午一早，鸭蛋煮熟了，由孩子自己去挑一个。鸭蛋有什么可挑的呢？有！一要挑淡青壳的。鸭蛋壳有白的和淡青的两种。二要挑形状好看的。别说鸭蛋都是一样的，细看却不同。有的样子蠢，有的秀气。挑好了，装在络子里，挂在大襟的纽扣上。这有什么好看呢?然而它是孩子心爱的饰物。鸭蛋络子挂了多半天,什么时候孩子一高兴,就把络子里的鸭蛋掏出来,吃了。端午的鸭蛋,新腌不久,只有一点淡淡的咸味,白嘴吃也可以。

孩子吃鸭蛋是很小心的,除了敲去空头,不把蛋壳碰破。蛋黄蛋白吃光了,用清水把鸭蛋里面洗净,晚上捉了萤火虫来,装在蛋壳里,空头的地方糊一层薄罗。萤火虫在鸭蛋壳里一闪一闪地亮,好看极了!

小时读囊萤映雪故事,觉得东晋的车胤用练囊盛了几十只萤火虫,照了读书,还不如用鸭蛋壳来装萤火虫。不过用萤火虫照亮来读书,而且一夜读到天亮,这能行么?车胤读的是手写的卷子,字大;若是读现在的新五号字,大概是不行的。

栗子

栗子的形状很奇怪，像一个小刺猬。栗有"斗"，斗外长了长长的硬刺，很扎手。栗子在斗里围着长了一圈，一颗一颗紧挨着，很团结。当中有一颗是扁的，叫作脐栗。脐栗的味道和其他栗子没有什么两样。坚果的外面大都有保护层，松子有鳞瓣，核桃、白果都有苦涩的外皮，这大概都是为了对付松鼠而长出来的。

新摘的生栗子很好吃，脆嫩，只是栗壳很不好剥，里面的内皮尤其不好去。

把栗子放在竹篮里，挂在通风的地方吹几天，就成了"风栗子"。风栗子肉微有皱纹，微软，吃起来更为细腻有韧性，不像吃生栗子会弄得满嘴都是碎粒，而且更甜。贾宝玉为一件事生了气，袭人给他打岔，说："我想吃风栗子了，你给我取去。"怡红院的檐下是挂了一篮风栗子的。风栗子入《红楼梦》，身价就高起来，雅了。这栗子是什么来头，是贾蓉送来的？刘姥姥送来的？还是宝玉自己在外面买的？不知道，书中并未交代。

栗子熟食的较多。我的家乡原来没有炒栗子，只是放在火里烤。冬天，生一个铜火盆，丢几个栗子在通红的炭火里，一会儿，砰的一声，蹦出一个裂了壳的熟栗子，抓起来，在手里来回倒，连连吹气使冷，剥壳入口，香甜无比，是雪天的乐事。不过烤栗子要小心，弄不好会炸伤眼睛。烤栗子外国也有，西方有"火中取栗"的寓言，这栗子大概是烤的。

北京的糖炒栗子，过去讲究栗子是要良乡出产的。良乡栗子比较小，壳薄，炒熟后个个裂开，轻轻一捏，壳就破了，内皮一搓就掉，不"护皮"。据说良乡栗子原是进贡的，是西太后吃的（北方许多好吃的东西都说是给西太后进过贡）。

北京的糖炒栗子其实是不放糖的，昆明的糖炒栗子真的放糖。昆明栗子大，炒栗子的大锅都支在店铺门外，用大如玉米豆的粗砂炒，不时往锅里倒一碗糖水。昆明炒栗子的外壳是黏的，吃完了手上都是糖汁，必须洗手。栗肉为糖汁沁透，很甜。

炒栗子宋朝就有。笔记里提到的"爇栗"，我想就是炒栗子。汴京有个叫李和儿的，爇栗有名。南宋时有一使臣（偶忘其名姓）出使，有人遮道献爇栗一囊，即汴京李和儿也。一囊爇栗，寄托了故国之思，也很感人。

山家除夕无他事,
插了梅花便过年。

万 物 可 爱

日本人爱吃栗子，但原来日本没有中国的炒栗子。有一年我在广交会的座谈会上认识一个日本商人，他是来买栗子的（每年都来买）。他在天津曾开过一家炒栗子的店，回国后还卖炒栗子，而且把他在天津开的炒栗子店铺的招牌也带到日本去，一直在东京的炒栗子店里挂着。他现在发了财，很感谢中国的炒栗子。

北京的小酒铺过去卖煮栗子。栗子用刀切破小口，加水，入花椒大料煮透，是极好的下酒物。现在不见有卖的了。栗子可以做菜。栗子鸡是名菜，也很好做，鸡切块，栗子去皮壳，加葱、姜、酱油，加水淹没鸡块，鸡块熟后，下绵白糖，小火焖二十分钟即得。鸡须是当年小公鸡，栗须完整不碎。罗汉斋亦可加栗子。

我父亲曾用白糖煨栗子，加桂花，甚美。

北京东安市场原来有一家卖西式蛋糕、冰点心的铺子卖奶油栗子粉。栗子粉上浇稀奶油，吃起来很过瘾。当然，价钱是很贵的。这家铺子现在没有了。

羊羹的主料是栗子面。"羊羹"是日本话，其实只是潮湿的栗子面压成长方形的糕，与羊毫无关系。

河北的山区缺粮食，山里多栗树，乡民以栗子代粮。栗子当零食吃是很好吃的，但当粮食吃恐怕胃里不大好受。

四方食事

（一）口味

"口之于味，有同嗜焉。"好吃的东西大家都爱吃。宴会上有烹大虾（得是极新鲜的），大都剩不下。但是也不尽然。羊肉是很好吃的。"羊大为美"。中国吃羊肉的历史大概和这个民族的历史同样久远。中国羊肉的吃法很多，不能列举。

我以为最好吃的是手把羊肉。维吾尔、哈萨克都有手把肉，但似以内蒙为最好。内蒙很多盟旗都说他们那里的羊肉不膻，因为羊吃了草原上的野葱，生前已经自己把膻味解了。我以为不膻固好，膻亦无妨。我曾在达茂旗吃过"羊贝子"，即白煮全羊。整只羊放在锅里只煮四十五分钟（为了照顾远来的汉人客人，多煮了十五分钟，他们自己吃，只煮半小时），各人用刀割取自己中意的部位，蘸一点作料（原来只备一碗盐水，近年有了较多的作料）吃。羊肉带生，一刀切下去，会汪出一点血，但是鲜嫩无比。内蒙人说，羊肉越煮越老，半熟的，才易消化，也能多吃。我几次到内蒙，吃羊肉吃得非常过瘾。同行有一位女同志，不但不吃，连闻都不能闻。一走进食堂，闻到羊肉气味就想吐。她只好每顿用开水泡饭，吃咸菜，真是苦煞。全国不吃羊肉的人，不在少数。

"鱼羊为鲜"，有一位老同志是获鹿县人，是回民，他倒是吃羊肉的，但是一生不解何所谓鲜。他的爱人是南京人，动辄说："这个菜很鲜。"他说："什么叫'鲜'？我只知道什么东西吃着'香'。"要解释什么是"鲜"，是困难的。

我的家乡以为最能代表鲜味的是虾子。虾子冬笋、虾子豆腐羹，都很鲜。虾子放得太多，就会"鲜得连眉毛都掉了"的。我有个小孙女，很爱吃我配料煮的龙须挂面。有一次我放了虾子，她尝了一口，说"有股什么味"，不吃。

中国不少省份的人都爱吃辣椒。云、贵、川、黔、湘、赣。延边朝鲜族也极能吃辣。人说吃辣椒爱上火。井冈山人说："辣子有补（没有营养），两头受苦。"我认识一个演员，他一天不吃辣椒，就会便秘！我认识一个干部，他每天在机关吃午饭，什么菜也不吃，只带了一小饭盒油炸辣椒来，吃辣椒下饭，顿顿如此。此人真是个吃辣椒专家，全国各地的辣椒，都设法弄了来吃。据他的品评，认为土家族的最好。有一次他带了一饭盒来，让我尝尝，真是又辣又香。然而有人是不吃辣的。我曾随剧团到重庆体验生活。四川无菜不辣，有人实在受不了。有一个演员带了几个年轻的女演员去吃汤圆，一个唱老旦的演员进门就嚷嚷："不要辣椒！"卖汤圆的白了她一眼："汤圆没有放辣椒的！"

北方人爱吃生葱生蒜。山东人特爱吃葱，吃煎饼、锅盔，没有葱是不行的。有一个笑话：婆媳吵嘴，儿媳妇跳了井。儿子回来，婆婆说："可了不得啦，你媳妇跳井啦！"儿子说："不咋！"拿了一根葱在井口逛了一下，媳妇就上来了。山东大葱的确很好吃，葱白长至半尺，是甜的。江浙人不吃生葱蒜，做鱼肉时放葱，谓之"香葱"，实即北方的小葱，几根小葱，挽成一个疙瘩，叫作"葱结"。他们把大葱叫作"胡葱"，即做菜时也不大用。有一个著名女演员，不吃葱，她和大家一同去体验生活，菜都得给她单做。"文化大革命"斗她的时候，这成了一条罪状。北方人吃炸酱面，必须有几瓣蒜。在长影拍片时，有一天我起晚了，早饭已经开过，我到厨房里和几位炊事员一块吃。那天吃的是炸油饼，他们吃油饼就蒜。我说，"吃油饼哪有就蒜的！"一个河南籍的炊事员说："嘿！你试试！"果然，"另一个味儿"。我前几年回家乡，接连吃了几天鸡鸭鱼虾，吃腻了，我跟家里人说："给我下一碗阳春面，弄一碟葱，两头蒜来。"家里人看我生吃葱蒜，大为惊骇。

有些东西，本来不吃，吃吃也就习惯了。我曾经夸口，说我什么都吃，为此挨了两次捉弄。一次在家乡。我原来不吃芫荽（香菜），以为有臭虫味。一次，我家所开的中药铺请我去吃面，——那天是药王生日，铺中管事弄了一大碗凉拌芫荽，说："你不是什么都吃吗？"我一咬牙，吃了。从此我就吃芫荽了。比来北地，每吃涮羊肉，调料里总要撒上大量芫荽。苦瓜，我原来也是不吃的，——没有吃过。我们家乡有苦瓜，叫作癞葡萄，是放在磁盘里看着玩，不吃的。一次在昆明，有一位诗人请我下小馆子，他要了三个菜：凉拌苦瓜、炒苦瓜、苦瓜汤。他说："你不是什么都吃吗？"从此，我就吃苦瓜了。北京人原来是不吃苦瓜的，近年也学会吃了。不过他们用凉水连"拔"三次，基本上不苦了，那还有什么意思！

有些东西，自己尽可不吃，但不要反对旁人吃。不要以为自己不吃的东西，谁吃，就是岂有此理。比如广东人吃蛇，吃龙虱；傣族人爱吃苦肠，即牛肠里没有完全消化的粪汁，蘸肉吃。这在广东人、傣族人，是没有什么奇怪的。他们爱吃，你管得着吗？不过有些东西，我也以为以不吃为宜，比如炒肉芽——腐肉所生之蛆。

总之，一个人的口味要宽一点、杂一点，"南甜北咸东辣西酸"，都去尝尝。对食物如此，对文化也应该这样。

（二）切脍

《论语·乡党》："食不厌精，脍不厌细"，中国的切脍不知始于何时。孔子以"食"、"脍"对举，可见当时是相当普遍的。北魏贾思勰《齐民要术》提到切脍。唐人特重切脍，杜甫诗累见。宋代切脍之风亦盛。《东京梦华录·三月一日开金明池琼林苑》："多垂钓之士，必于池苑所买牌子，方许捕鱼。游人得鱼，倍其价买之。临水斫脍，以荐芳樽，乃一时佳味也。"元代，关汉卿曾写过"望江亭中秋切脍"。明代切脍，也还是有的，但《金瓶梅》中未提及，很奇怪。《红楼梦》也没有提到。到了近代，很多人对切脍是怎么回事，都茫然了。

脍是什么？杜诗邵注："鲙，即今之鱼生、肉生。"更多指鱼生，脍的繁体字是"鱠"，可知。

杜甫《阌乡姜七少府设鲙戏赠长歌》对切脍有较详细的描写。脍要切得极细，"脍不厌细"，杜诗亦云："无声细下飞碎雪"。脍是切片还是切丝呢？段成式《酉阳杂俎·物革》云："进士段硕尝识南孝廉者，善斫脍，縠薄丝缕，轻可吹起。"看起来是片和丝都有的。切脍的鱼不能洗。杜诗云："落砧何曾白纸湿"，邵注："凡作鲙，以灰去血水，用纸以隔之"，大概是隔着一层纸用灰吸去鱼的血水。《齐民要术》："切鲙不得洗，洗则鲙湿。"加什么佐料？一般是加葱的，杜诗："有骨已剁觜春葱"。《内则》："鲙，春用葱，夏用芥。"葱是葱花，不会是葱段。至于下不下盐或酱油，乃至酒、酢，则无从臆测，想来总得有点咸味，不会是淡吃。

切脍今无实物可验。杭州楼外楼解放前有名菜醋鱼带靶。所谓"带靶"即将活草鱼的脊背上的肉剔下，切成极薄的片，浇好酱油，生吃。我以为这很近乎切脍。我在1947年春天曾吃过，极鲜美。这道菜听说现在已经没有了，不知是因为有碍卫生，还是厨师无此手艺了。

日本鱼生我未吃过。北京西四牌楼的朝鲜冷面馆卖过鱼生、肉生。鱼生乃切成一寸见方、厚约二分的鱼片，蘸极辣的作料吃。这与"毂薄丝缕"的切脍似不是一回事。

与切脍有关联的，是"生吃螃蟹活吃虾"。生螃蟹我未吃过，想来一定非常好吃。活虾我可吃得多了。前几年回乡，家乡人知道我爱吃"呛虾"，于是餐餐有呛虾。我们家乡的呛虾是用酒把白虾（青虾不宜生吃）"醉"死了的。解放前杭州楼外楼呛虾，是酒醉而不待其死，活虾盛于大盘中，上覆大碗，上桌揭碗，虾蹦得满桌，客人捉而食之。用广东话说，这才真是"生猛"。听说楼外楼现在也不卖呛虾了，惜哉！

下生蟹活虾一等的，是将虾蟹之属稍加腌制。宁波的梭子蟹是用盐腌过的，醉蟹、醉泥螺、醉蚶子、醉蛏鼻，都是用高粱酒"醉"过的。但这些都还是生的。因此，都很好吃。

我以为醉蟹是天下第一美味。家乡人贻我醉蟹一小坛。有天津客人来,特地为他剁了几只。他吃了一小块,问:"是生的?"就不敢再吃。"生的",为什么就不敢吃呢?法国人、俄罗斯人,吃牡蛎,都是生吃。我在纽约南海岸吃过鲜蚌,那是绝对是生的,刚打上来的,而且什么作料都不搁,经我要求,服务员才给了一点胡椒粉。好吃么?好吃极了!

为什么"切脍",生鱼活虾好吃?曰:存其本味。

我以为"切脍"之风,可以恢复。如果觉得这不卫生,可以仿照纽约南海岸的办法:用"远红外"或什么东西处理一下,这样既不失本味,又无致病之虞。如果这样还觉得"膈应",吞不下,吞下要反出来,那完全是观念上的问题。当然,我也不主张普遍推广,可以满足少数老饕的欲望,"内部发行"。

(三)河豚

阅报,江阴有人食河豚中毒,经解救,幸得不死。杨花扑面,节近清明,这使我想起,正是吃河豚的时候了。苏东坡诗:

> 竹外桃花三两枝，春江水暖鸭先知。
> 蒌蒿满地芦芽短，正是河豚欲上时。

梅圣俞诗：

> 河豚当此时，贵不数鱼虾。

宋朝人是很爱吃河豚的，没有真河豚，就用了不知什么东西做出河豚的样子和味道，谓之"假河豚"，聊以过瘾，《东京梦华录》等书都有记载。

江阴当长江入海处不远，产河豚最多，也最好。每年春天，鱼市上有很多河豚卖。河豚的脾气很大，用小木棍捅捅它，它就把肚子鼓起来，再捅，再鼓，终至成了一个圆球。江阴河豚品种极多。我所就读的南菁中学的生物实验室里搜集了各种河豚，浸在装了福尔马林的玻璃器内。有的很大，有的小如金钱龟。颜色也各异，有带青绿色的，有白的，还有紫红的。这样齐全的河豚标本，大概只有江阴的中学才能搜集得到。

河豚有剧毒。我在读高中一年级时，江阴乡下出了一件命案，"谋杀亲夫"。"奸夫""淫妇"在游街示众后，同时枪决。毒死亲夫的东西，即是一条煮熟的河豚。因为是"花案"，那天街的两旁有很多人鹄立伫观。但是实在没有什么好看，奸夫淫妇都蠢而且丑，奸夫还是个黑脸的麻子。这样的命案，也只能出在江阴。

但是河豚很好吃，江南谚云："拼死吃河豚"，豁出命去，也要吃，可见其味美。据说整治得法，是不会中毒的。我的几个同学都曾约定请我上家里吃一次河豚，说是"保证不会出问题"。江阴正街上有一家饭馆，是卖河豚的。这家饭馆有一块祖传的木板，刷印保单，内容是如果在他家铺里吃河豚中毒致死，主人可以偿命。河豚之毒在肝脏、生殖腺和血，这些可以小心地去掉。这种办法有例可援，即"洁本金瓶梅"是。

我在江阴读书两年，竟未吃过河豚，至今引为憾事。

（四）野菜

春天了，是挖野菜的时候了。踏青挑菜，是很好的风俗。人在屋里闷了一冬天，尤其是妇女，到野地里活动活动，呼吸一点新鲜空气，看看新鲜的绿色，身心一快。

南方的野菜，有枸杞、荠菜、马兰头……北方野菜则主要的是苣荬菜。枸杞、荠菜、马兰头用开水焯过，加酱油、醋、香油凉拌。苣荬菜则是洗净，去根，蘸甜面酱生吃。或曰吃野菜可以"清火"，有一定道理。野菜多半带一点苦味，凡苦味菜，皆可清火。但是更重要的是吃个新鲜。有诗人说:"这是吃春天",这话说得有点做作,但也还说得过去。

敦煌变文、《云谣集杂曲子》、打枣杆、挂枝儿、吴歌,乃至《白雪遗音》等等,是野菜。因为它新鲜。

五味

山西人真能吃醋！几个山西人在北京下饭馆，坐定之后，还没有点菜，先把醋瓶子拿过来，每人喝了三调羹醋。邻座的客人直瞪眼。有一年我到太原去，快过春节了。别处过春节，都供应一点好酒，太原的油盐店却都贴出一个条子："供应老陈醋，每户一斤。"这在山西人是大事。

山西人还爱吃酸菜，雁北尤其。什么都拿来酸，除了萝卜白菜，还包括杨树叶子，榆树钱儿。有人来给姑娘说亲，当妈的先问，那家有几口酸菜缸。酸菜缸多，说明家底子厚。

辽宁人爱吃酸菜白肉火锅。

北京人吃羊肉酸菜汤下杂面。

福建人、广西人爱吃酸笋。我和贾平凹在南宁，不爱吃招待所的饭，到外面瞎吃。平凹一进门，就叫："老友面！""老友面"者，酸笋肉丝氽汤下面也，不知道为什么叫作"老友"。

傣族人也爱吃酸。酸笋炖鸡是名菜。

延庆山里夏天爱吃酸饭。把好好的饭焐酸了,用井拔凉水一和,呼呼地就下去了三碗。

都说苏州菜甜,其实苏州菜只是淡,真正甜的是无锡。无锡炒鳝糊放那么多糖!包子的肉馅里也放很多糖,没法吃!

四川夹沙肉用大片肥猪肉夹了洗沙蒸,广西芋头扣肉用大片肥猪肉夹芋泥蒸,都极甜,很好吃,但我最多只能吃两片。

广东人爱吃甜食。昆明金碧路有一家广东人开的甜食店,卖芝麻糊、绿豆沙,广东同学趋之若鹜。"番薯糖水"即用白薯切块熬的汤,这有什么好喝的呢?广东同学曰:"好!"

北方人不是不爱吃甜,只是过去糖难得。我家曾有老保姆,正定乡下人,六十多岁了。她还有个婆婆,八十几了。她有一次要回乡探亲,临行称了二斤白糖,说她的婆婆就爱喝个白糖水。

北京人很保守,过去不知苦瓜为何物,近年有人学会吃了。菜农也有种的了。农贸市场上有很好的苦瓜卖,属于"细菜",价颇昂。

北京人过去不吃蕹菜,不吃木耳菜,近年也有人爱吃了。

北京人在口味上开放了!

北京人过去就知道吃大白菜。由此可见,大白菜主义是可以被打倒的。

北方人初春吃苣荬菜。苣荬菜分甜荬、苦荬，苦荬相当的苦。

有一个贵州的年轻女演员在我们剧团学戏，她的妈妈远迢迢给她寄来一包东西，是"择耳根"，或名"则尔根"，即鱼腥草。她让我尝了几根。这是什么东西？苦，倒不要紧，它有一股强烈的生鱼腥味，实在招架不了！

剧团有一干部，是写字幕的，有时也管杂务。此人是个吃辣的专家。他每天中午饭不吃菜，吃辣椒下饭。全国各地的、少数民族的，各种辣椒，他都千方百计地弄来吃。剧团到上海演出，他帮助搞伙食，这下好，不会缺辣椒吃。原以为上海辣椒不好买，他下车第二天就找到一家专卖各种辣椒的铺子。上海人有一些是能吃辣的。

我的吃辣是在昆明练出来的，曾跟几个贵州同学在一起用青辣椒在火上烧烧，蘸盐水下酒。平生所吃辣椒亦多矣，什么朝天椒、野山椒，都不在话下。我吃过最辣的辣椒是在越南。一九四六年，由越南转道往上海，在海防街头吃牛肉粉。牛肉极嫩，汤极鲜，辣椒极辣。一碗汤粉，放三四丝辣椒就辣得不行。这种辣椒的颜色是橘黄色的。在川北，听说有一种辣椒，本身不能吃，用一根线吊在灶上，汤做得了，把辣椒在汤里涮涮，就辣得不得了。云南佤佤族有一种辣椒，叫"涮涮辣"，与川北吊在灶上的辣椒大概不相上下。

四川可说是最能吃辣的省份。川菜的特点是辣而且麻,——搁很多花椒。四川的小面馆的墙壁上黑漆大书三个字:麻辣烫。麻婆豆腐、干煸牛肉丝、棒棒鸡,不放花椒不行。花椒得是川椒,捣碎,菜做好了,最后再放。

周作人说他的家乡整年吃咸极了的咸菜和咸极了的咸鱼。浙东人确是吃得很咸。有个同学,是台州人,到铺子里吃包子,掰开包子就往里倒酱油。口味的咸淡和地域是有关系的。北京人说南甜北咸东辣西酸,大体不错。河北、东北人口重,福建菜多很淡。但这与个人的性格习惯也有关。湖北菜并不咸,但闻一多先生却嫌云南蒙自的菜太淡。

中国人过去对吃盐很讲究,如桃花盐、水晶盐,"吴盐胜雪",现在则全国都吃再制精盐。只有四川人腌咸菜还用自流井的井盐。

我不知世上还有什么国家的人爱吃臭。

过去上海、南京、汉口都卖油炸臭豆腐干。长沙火宫殿的臭豆腐因为一个大人物年轻时常吃而出了名。这位大人物后来还去吃过,说了一句话:"火宫殿的臭豆腐还是好吃。""文化大革命"中火宫殿的影壁上就出现了两行大字:

最高指示:

火宫殿的臭豆腐还是好吃。

我们一个同志到南京出差,他的爱人是南京人,嘱咐他带一点臭豆腐干回来。他千方百计，居然办到了。带在火车上，引起一车厢的人强烈抗议。

除豆腐干外，面筋、百叶（千张）亦可臭。蔬菜里的莴苣、冬瓜、豇豆皆可臭。冬笋的老根咬不动，切下来随手就扔进臭坛子里。——我们那里很多人家都有个臭坛子，一坛子"臭卤"。腌芥菜挤下的汁放几天即成"臭卤"。臭物中最特殊的是臭苋菜秆。苋菜长老了，主茎可粗如拇指，高三四尺。截成二寸许小段，入臭坛。臭熟后，外皮是硬的，里面的芯成果冻状。嚼住一夹，一吸，芯肉即入口中。这是佐粥的无上妙品。我们那里叫作"苋菜秸子"，湖南人谓之"苋菜咕"，因为吸起来"咕"的一声。

北京人说的臭豆腐指臭豆腐乳。过去是小贩沿街叫卖的：

"臭豆腐，酱豆腐，王致和的臭豆腐。"臭豆腐就贴饼子，熬一锅虾米皮白菜汤，好饭！现在王致和的臭豆腐用很大的玻璃方瓶装，很不方便，一瓶一百块，得很长时间才能吃完，而且卖得很贵，成了奢侈品。我很希望这种包装被改进，一瓶装五块足矣。

我在美国吃过最臭的"气死"（干酪），洋人多闻之掩鼻，对我说起来实在没有什么，比臭豆腐差远了。

甚矣，中国人口味之杂也，敢说堪为世界之冠。

昆明的果品

梨

我们刚到昆明的时候，满街都是宝珠梨。宝珠梨形正圆，——"宝珠"大概即由此得名，皮色深绿，肉细嫩无渣，味甜而多汁，是梨中的上品。我吃过河北的鸭梨、山东的莱阳梨、烟台的茄梨……宝珠梨的味道和这些梨都不相似。宝珠梨有宝珠梨的特点。只是因为出在云南，不易远运，外省人知道的不多，名不甚著。

昆明卖梨的办法颇为新鲜，论"十"，不论斤，"几文一十"，一次要买就是十个；三个、五个，不卖。据说这是因为卖梨的不会算账，零买，他不知道要多少钱。恐怕也不见得，这只是一种古朴的习惯而已。宝珠梨大小都差不多，很"匀溜"，没有太大和很小的，论十要价，倒也公道。我们那时的胃口也很惊人，一次吃下十只梨不算一回事。现在这种"论十"的办法大概已经改变了，想来已经都用磅秤约斤了。

还有一种梨叫"火把梨",即北方的红绡梨,所以名为火把,是因为皮色黄里带红,有的竟是通红的。这种梨如果挂在树上,太阳一照,就更像是一个一个点着了的小火把了。火把梨味道远不如宝珠梨,——酸!但是如果走长路,带几个在身上,到中途休憩时,嚼上两个,是很能"杀渴"的。

我曾和几个朋友骑马到金殿。下马后,买了十个火把梨。赶马的(昆明租马,马的主人大都要随在马后奔跑)也买了十个。我们买梨是自己吃。赶马的却是给马吃。他把梨托在手里,马就掀动嘴唇,把梨咬破,咯吱咯吱嚼起来。看它一边吃,一边摇脑袋,似乎觉得梨很好吃。我从来没见过马吃梨。看见过马吃梨的人大概不多。吃过梨的马大概也不多。

石榴

河南石榴,名满天下。"白马甜榴,一实值牛",北魏以来,即有口碑。我在北京吃过河南石榴,觉得盛名之下,其实难副。粒小、色淡、味薄。比起昆明的宜良石榴差得远了。宜良石榴都很大,个个开裂,颗粒甚大,色如红宝石,——有一种名贵的红宝石即名为"石榴米",

味道很甜。苏东坡曾谓读贾岛诗如食小鱼,"所得不偿劳",我小时吃石榴,觉得吃得一嘴籽儿,而吮不出多少味道,真是"所得不偿劳",在昆明吃宜良石榴即无此感,觉得很满足,很值得。

昆明有石榴酒,乃以石榴米于白酒中泡成,酒色透明,略带浅红,稍有甜味,仍极香烈。

不知道为什么,昆明人把宜良叫成米良。

桃

昆明桃分为离核和"面核"两种。桃甚大,一个即可吃饱。我曾在暑假中,在桃子下来的时候,买一个很大的离核黄桃当早点。一掰两半,紫核黄肉,香甜满口,至今难忘。

杨梅

昆明杨梅名火炭梅,极大极甜,颜色黑紫,正如炽炭。卖杨梅的苗族女孩常用鲜绿的树叶衬着,炎炎熠熠,数十步外，摄人眼目。

木瓜

此所谓木瓜非华南的番木瓜。

《辞海》："木瓜，植物名。……亦称'榠樝'。蔷薇种。落叶灌木或小乔木。树皮常作片状剥落，痕迹鲜明。叶椭圆状卵形，有锯齿，嫩叶背面被绒毛。春末夏初开花，花淡红色。果实秋季成熟，长椭圆形，长10—15厘米，淡黄色，味酸涩，有香气。"

木瓜我是很熟悉的，我的家乡有。每当炎暑才退，菊绽蟹肥之际，即有木瓜上市。但是在我的家乡，木瓜只是用来闻香的。或放在瓷盘里，作为书斋清供；或取其体小形正者于手中把玩，没有吃的。且不论其味酸涩，就是那皮肉也是硬得咬不动的。至于木瓜可以入药，那我是知道的。我到昆明，才第一次知道木瓜可以吃。昆明人把木瓜切成薄片，浸泡在水里（水里不知加了什么东西），用一个桶形的玻璃罐子装着，于水果店的柜台上出卖。我吃过，微酸，不涩，香脆爽口，别有风味。

中国古代大概是吃木瓜的。唐以前我不知道。宋代人肯定是吃的。《东京梦华录·是月巷陌杂卖》有"药木瓜、水木瓜"。《梦粱录·果之品》："木瓜，青色而小；土人劚片爆熟，入香药货之；或糖煎，名爁木瓜。"《武林旧事·果子》有"爁木瓜"，《凉水》有"木瓜汁"。看来昆明市上所卖的木瓜当是"水木瓜"。浸泡木瓜的水即当是"木瓜汁"。至于"爁木瓜"则我于昆明尚未见过，这大概是以药物泡制，如广东的陈皮梅、泉州的霉姜一类的东西，木瓜的本味已经保存不多了。

我觉得昆明吃木瓜的方法可以在全国推广。吃木瓜，从某种意义上，也可以说是我们国家的一项文化遗产。

地 瓜

地瓜不是水果，但对吃不起水果的穷大学生来说，它也就算是水果了。

地瓜，湖南、四川叫作凉薯或良薯。它的好处是可以不用刀削皮，用手指即可沿藤茎把皮撕净，露出雪白的薯肉。甜，多水。可以解渴，也可充饥。这东西有一股土腥气，但是如果没有这点土腥气，地瓜也就不成其为地瓜了，它就会是另外一种什么东西了。正是这点土腥气让我想起地瓜，想起昆明，想起我们那一段穷日子，非常快乐的穷日子。

胡萝卜

联大的女同学吃胡萝卜成风。这是因为女同学也穷,而且馋。昆明的胡萝卜也很好吃。昆明的胡萝卜是浅黄色的,长至一尺以上,脆嫩多汁而有甜味,胡萝卜味儿也不是很重。胡萝卜有胡萝卜素,富含维生素C,对身体有益,这是大家都知道的。不知道是谁提出,胡萝卜还含有微量的砒,吃了可以驻颜。这一来,女同学吃胡萝卜的就更多了。她们常常一把一把地买来吃。一把有十多根。她们一边谈着克列斯丁娜·罗赛蒂的诗、布朗底的小说,一边咯吱咯吱地咬胡萝卜。

核桃糖

昆明的核桃糖是软的,不像稻香村卖的核桃粘或椒盐核桃。把蔗糖熬化,倾在瓷盆里,和核桃肉搅匀,反扣在木板上,就成了。卖的时候用刀沿边切块卖,就跟北京卖切糕似的。昆明核桃糖极便宜,便宜到令人不敢相信。华山南路口,青莲街拐角,直对逼死坡,有一家,高台阶门脸,卖核桃糖。我们常常从市里回联大,路过这一家,花极少的钱买一大块,边吃边走,一直走进翠湖,才能吃完。然后在湖水里洗洗手，到茶馆里喝茶。核桃在有些地方是贵重的山果，在昆明不算什么。

糖炒栗子

昆明的糖炒栗子，天下第一。第一，栗子都很大。第二，炒得很透，颗颗裂开，轻轻一捏，外壳即破，栗肉进出，无一颗"护皮"。第三，真是"糖炒栗子"，一边炒，一边往锅里倒糖水，甜味透心。在昆明吃炒栗子，吃完了非洗手不可，——指头上粘得都是糖。

呈贡火车站附近，有一片大栗树林，方圆数里。树皆合抱，枝叶浓密，树上无虫蚁，树下无杂草，干净之极，我曾几次骑马过栗树林，如入画境。

葡萄月令

一月,下大雪。

雪静静地下着。果园一片白。听不到一点声音。

葡萄睡在铺着白雪的窖里。

二月里刮春风。

立春后,要刮四十八天"摆条风"。风摆动树的枝条,树醒了,忙忙地把汁液送到全身。树枝软了。树绿了。

雪化了,土地是黑的。

黑色的土地里,长出了茵陈蒿。碧绿。

葡萄出窖。

把葡萄窖一锹一锹挖开。挖下的土,堆在四面。葡萄藤露出来了,乌黑的。有的梢头已经绽开了芽苞,吐出指甲大的苍白的小叶。它已经等不及了。

把葡萄藤拉出来,放在松松的湿土上。

不大一会,小叶就变了颜色,叶边发红;——又不大一会,绿了。

三月,葡萄上架。

先得备料。把立柱、横梁、小棍,槐木的、柳木的、杨木的、桦木的,按照树棵大小,分别堆放在旁边。立柱有汤碗口粗的、饭碗口粗的、茶杯口粗的。一棵大葡萄得用八根,十根,乃至十二根立柱。中等的,六根、四根。

先刨坑,竖柱。然后搭横梁,用粗铁丝摽紧。然后搭小棍,用细铁丝缚住。

然后,请葡萄上架。把在土里趴了一冬的老藤扛起来,得费一点劲。大的,得四五个人一起来。"起!——起!"哎,它起来了。把它放在葡萄架上,把枝条向三面伸开,像五个指头一样的伸开,扇面似的伸开。然后,用麻筋在小棍上固定住。葡萄藤舒舒展展,凉凉快快地在上面待着。

上了架,就施肥。在葡萄根的后面,距主干一尺,挖一道半月形的沟,把大粪倒在里面。葡萄上大粪,不用稀释,就这样把原汁大粪倒下去。大棵的,得三四桶。小葡萄,一桶也就够了。

四月,浇水。

挖窖挖出的土,堆在四面,筑成垄,就成一个池子。池里放满了水。葡萄园里水气泱泱,沁人心肺。

葡萄喝起水来是惊人的。它真是在喝!葡萄藤的组织跟别的果树不一样，它里面是一根一根细小的导管。这一点，中国的古人早就发现了。《图经》云："根苗中空相通。圃人将货之，欲得厚利，暮溉其根，而晨朝水浸子中矣，故俗呼其苗为木通。""暮溉其根，而晨朝水浸子中矣"，是不对的。葡萄成熟了，就不能再浇水了。再浇，果粒就会涨破。"中空相通"却是很准确的。浇了水，不大一会，它就从根直吸到梢，简直是小孩嘬奶似的拼命往上嘬。浇过了水，你再回来看看吧：梢头切断过的破口，就嗒嗒地往下滴水了。

是一种什么力量使葡萄拼命地往上吸水呢？

施了肥，浇了水，葡萄就使劲抽条、长叶子。真快！原来是几根根枯藤，几天功夫，就变成青枝绿叶的一大片。

五月，浇水，喷药，打梢，掐须。

葡萄一年不知道要喝多少水，别的果树都不这样。别的果树都是刨一个"树碗"，往里浇几担水就得了，没有像它这样的："漫灌"，整池子的喝。

喷波尔多液。从抽条长叶，一直到坐果成熟，不知道要喷多少次。喷了波尔多液，太阳一晒，葡萄叶子就都变成蓝的了。

葡萄抽条，丝毫不知节制，它简直是瞎长！几天功夫，就抽出好长的一节的新条。这样长法还行呀，还结不结果呀？因此，过几天就得给它打一次条。葡萄打条，也用不着什么技巧，是个人就能干，拿起树剪，劈劈啪啪，把新抽出来的一节都给它铰了就得了。一铰，一地的长着新叶的条。

葡萄的卷须，在它还是野生的时候是有用的，好攀附在别的什么树木上。现在，已经有人给它好好地固定在架上了，就一点用也没有了。卷须这东西最耗养分，——凡是作物，都是优先把养分输送到顶端，因此，长出来就给它掐了，长出来就给它掐了。

葡萄的卷须有一点淡淡的甜味。这东西如果腌成咸菜，大概不难吃。

五月中下旬，果树开花了。果园，美极了。梨树开花了，苹果树开花了，葡萄也开花了。

都说梨花像雪，其实苹果花才像雪。雪是厚重的，不是透明的。梨花像什么呢？——梨花的瓣子是月亮做的。

有人说葡萄不开花，哪能呢？只是葡萄花很小，颜色淡黄微绿，不钻进葡萄架是看不出的。而且它开花期很短。很快，就结出了绿豆大的葡萄粒。

六月，浇水，喷药，打条，掐须。

葡萄粒长了一点了，一颗一颗，像绿玻璃料做的纽子。硬的。

葡萄不招虫。葡萄会生病，所以要经常喷波尔多液。但是它不像桃，桃有桃食心虫；梨，梨有梨食心虫。葡萄不用疏虫果。——果园每年疏虫果是要费很多工的。虫果没有用，黑黑的一个半干的球，可是它耗养分呀！所以，要把它"疏"掉。

七月，葡萄"膨大"了。

掐须、打条、喷药，大大地浇一次水。

追一次肥。追硫铵。在原来施粪肥的沟里撒上硫铵。然后，就把沟填平了，把硫铵封在里面。

汉朝是不会追这次肥的。汉朝没有硫铵。

八月，葡萄"著色"。

你别以为我这里是把画家的术语借用来了。不是的。这是果农的语言，他们就叫"著色"。

下过大雨，你来看看葡萄园吧，那叫好看！白的像白玛瑙，红的像红宝石，紫的像紫水晶，黑的像黑玉。一串一串，饱满、磁棒、挺括，璀璨琳琅。你就把《说文解字》里的玉字偏旁的字都搬了来吧，那也不够用呀！

可是你得快来！明天，对不起，你全看不到了。我们要喷波尔多液了。一喷波尔多液，它们的晶莹鲜艳全都没有了，它们蒙上一层蓝兮兮、白糊糊的东西，成了磨砂玻璃。我们不得不这样干。葡萄是吃的，不是看的。我们得保护它。

过不两天，就下葡萄了。

一串一串剪下来，把病果、瘪果去掉，妥妥地放在果筐里。果筐满了，盖上盖，要一个棒小伙子跳上去蹦两下，用麻筋缝的筐盖。——新下的果子，不怕压，它很结实，压不坏。倒怕是装不紧，逛里逛当的。那，来回一晃悠，全得烂！

葡萄装上车，走了。

去吧，葡萄，让人们吃去吧！

九月的果园像一个生过孩子的少妇，宁静、幸福，而慵懒。

我们还给葡萄喷一次波尔多液。哦，下了果子，就不管了？人，总不能这样无情无义吧。

十月，我们有别的农活。我们要去割稻子。葡萄，你愿意怎么长，就怎么长着吧。

十一月。葡萄下架。

把葡萄架拆下来。检查一下，还能再用的，搁在一边。糟朽了的，只好烧火。立柱、横梁、小棍，分别堆垛起来。

剪葡萄条。干脆得很，除了老条，一概剪光。葡萄又成了一个大秃子。

剪下的葡萄条，挑有三个芽眼的，剪成二尺多长的一截，捆起来，放在屋里，准备明春插条。

其余的，连枝带叶，都用竹笤帚扫成一堆，装走了。

葡萄园光秃秃。

十一月下旬，十二月上旬，葡萄入窖。

这是个重活。把老本放倒，挖土把它埋起来。要埋得很厚实。外面要用铁锹拍平。这个活不能马虎。都要经过验收，才给记工。

葡萄窖，一个一个长方形的土墩墩。一行一行，整整齐齐的排列着。风一吹，土色发了白。

这真是一年的冬景了。热热闹闹的果园，现在什么颜色都没有了。眼界空阔，一览无余，只剩下发白的黄土。

下雪了。我们踏着碎玻璃碴似的雪，检查葡萄窖，扛着铁锹。

一到冬天，要检查几次。不是怕别的。怕老鼠打了洞。葡萄窖里很暖和，老鼠爱往这里面钻。它倒是暖和了，咱们的葡萄可就受了冷啦！

葵·薤

小时读汉乐府《十五从军征》，非常感动。

> 十五从军征，八十始得归。道逢乡里人，"家中有阿谁？"——"遥望是君家，松柏冢累累。"兔从狗窦入，雉从梁上飞，中庭生旅谷，井上生旅葵。春谷持作饭，采葵持作羹。羹饭一时熟，不知贻阿谁。出门东向望，泪落沾我衣。

诗写得平淡而真实，没有一句迸出呼天抢地的激情，但是惨切沉痛，触目惊心。词句也明白如话，不事雕饰，真不像是两千多年前的人写出的作品，一个十来岁的孩子也完全能读懂。我未从过军，接触这首诗的时候，也还没有经过长久的乱离，但是不止一次为这首诗流了泪。

然而有一句我不明白，"采葵持作羹"。葵如何可以为羹呢？我的家乡人只知道向日葵，我们那里叫作"葵花"。这东西怎么能做羹呢？用它的叶子？向日葵的叶子我是很熟悉的，很大，叶面很粗，有毛，即使是把它切碎了，加了油盐，煮熟之后也还是很难下咽的。另外有一种秋葵，开淡黄色薄瓣的大花，叶如鸡脚，又名鸡爪葵。这东西也似不能做羹。还有一种蜀葵，又名锦葵，内蒙、山西一带叫作"蜀蓟"。我们那里叫作"端午花"，因为在端午节前后盛开。我从来也没听说过端午花能吃，——包括它的叶、茎和花。后来我在济南的山东博物馆的庭院里看到一种戎葵，样子有点像秋葵，开着耀眼的朱红的大花，红得简直吓人一跳。我想，这种葵大概也不能吃。那么，持以作羹的葵究竟是一种什么东西呢？

后来我读到吴其濬的《植物名实图考长编》和《植物名实图考》。吴其濬是个很值得叫人佩服的读书人。他是嘉庆进士，自翰林院修撰官至湖南等省巡抚。但他并没有只是做官，他留意各地物产丰瘠与民生的关系，依据耳闻目见，辑录古籍中有关植物的文献，写成了《长编》和《图考》这样两部巨著。他的著作是我国十九世纪植物学极重要的专著。直到现在，西方的植物学家还认为他绘的图十分精确。吴其濬在《图考》中把葵列为蔬类的第一品。他用很激动的语气，几乎是大声疾呼，说葵就是冬苋菜。

然而冬苋菜又是什么呢？我到了四川、江西、湖南等

紫穗槐我认识，枝叶近似槐树，抽条甚长，初夏开紫花，花似紫藤而颜色较紫藤深，花穗较小，瓣亦稍小。风摇紫穗，姗姗可爱。

万 物 可 爱

省，才见到。我有一回住在武昌的招待所里，几乎餐餐都有一碗绿色的叶菜做的汤。这种菜吃到嘴是滑的，有点像莼菜。但我知道这不是莼菜，因为我知道湖北不出莼菜，而且样子也不像。我问服务员："这是什么菜？"——"冬苋菜！"第二天我过到一个巷子，看到有一个年轻的妇女在井边洗菜。这种菜我没有见过。叶片圆如猪耳，颜色正绿，叶梗也是绿的。我走过去问她洗的这是什么菜，——"冬苋菜！"我这才明白：这就是冬苋菜，这就是葵！那么，这种菜作羹正合适，——即使是旅生的。从此，我才算把《十五从军征》真正读懂了。

吴其濬为什么那样激动呢？因为在他成书的时候，已经几乎没有人知道葵是什么了。

蔬菜的命运，也和世间一切事物一样，有其兴盛和衰微，提起来也可叫人生一点感慨。葵本来是中国的主要蔬菜。《诗·邠风·七月》："七月烹葵及菽"，可见其普遍。后魏《齐民要术》以《种葵》列为蔬菜第一篇。"采葵莫伤根"，"松下清斋折露葵"，时时见于篇咏。元代王祯的《农书》还称葵为"百菜之主"。不知怎么一来，它就变得不行了。明代的《本草纲目》中已经将它列入草类，压根儿不承认它是菜了！葵的遭遇真够惨的！到底是什么原因呢？我想是因为后来全国普遍种植了大白菜。大白菜取代了葵。齐白石题画中曾提出："牡丹为花之王，荔枝为果之王，独不论白菜为菜中之王，何也？"其实大白菜实际上已经成"菜之王"了。

幸亏南方几省还有冬苋菜,否则吴其濬就死无对证,好像葵已经绝了种似的。吴其濬是河南固始人,他的家乡大概早已经没有葵了,都种了白菜了。他要是不到湖南当巡抚,大概也弄不清葵是啥。吴其濬那样激动,是为葵鸣不平。其意若曰:葵本是菜中之王,是很好的东西;它并没有绝种!它就是冬苋菜!您到南方来尝尝这种菜,就知道了!

北方似乎见不到葵了。不过近几年北京忽然卖起一种过去没见过的菜:木耳菜。你可以买一把来,做个汤,尝尝。葵就是那样的味道,滑的。木耳菜本名落葵,是葵之一种,只是葵叶为绿色,而木耳菜则带紫色,且叶较尖而小。

由葵我又想到薤。

我到内蒙去调查抗日战争时期游击队的材料,准备写一个戏。看了好多份资料,都提到部队当时很苦,时常没有粮食吃,吃"荄荄",下面多于括号中注明"(音'害害')"。我想:"荄荄"是什么东西?再说"荄"读gāi,也不读"害"呀!后来在草原上有人给我找了一棵实物,我一看,明白了:这是薤。薤音xiè。内蒙、山西人每把声母为x的字读成h母,又好用叠字,所以把"薤"念成了"害害"。

薤叶极细。我捏着一棵薤,不禁想到汉代的挽歌《薤露》:"薤上露,何易晞,露晞明朝还复落,人死一去何时归?"不说葱上露、韭上露,是很有道理的。薤叶上实在挂不住多少露水,太易"晞"掉了。用此来比喻人命的短促,非常贴切。同时我又想到汉代的人一定是常常食薤的,故尔能近取譬。

北方人现在极少食薤了。南方人还是常吃的。湖南、湖北、江西、云南、四川都有。这几省都把这东西的鳞茎叫作"藠头"。"藠"音"叫"。南方的年轻人现在也有很多不认识这个藠字的。我在韶山参观,看到说明材料中提到当时用的一种土造的手榴弹,叫作"洋藠古",一个讲解员就老实不客气地读成"洋晶古"。湖南等省人吃的藠头大都是腌制的,或入醋,味道酸甜;或加辣椒,则酸甜而极辣,皆极能开胃。

南方人很少知道藠头即是薤的。

北方城里人则连藠头也不认识。北京的食品商场偶尔从南方运了藠头来卖,趋之若鹜的都是南方几省的人。北京人则多用不信任的眼光端详半天,然后望望然而去之。我曾买了一些,请几位北方同志尝尝,他们闭着眼睛嚼了一口,皱着眉头说:"不好吃!——这哪有糖蒜好哇!"我本想长篇大论地宣传一下藠头的妙处,只好咽回去了。

哀哉,人之成见之难于动摇也!

我写这篇随笔,用意是很清楚的。

第一,我希望年轻人多积累一点生活知识。古人说诗的作用：可以观，可以群，可以怨，还可以多识于草木虫鱼之名。这最后一点似乎和前面几点不能相提并论，其实这是很重要的。草木虫鱼，多是与人的生活密切相关。对于草木虫鱼有兴趣，说明对人也有广泛的兴趣。

第二，我劝大家口味不要太窄，什么都要尝尝，不管是古代的还是异地的食物，比如葵和薤，都吃一点。一个一年到头吃大白菜的人是没有口福的。许多大家都已经习以为常的蔬菜，比如菠菜和莴笋，其实原来都是外国菜。西红柿、洋葱，几十年前中国还没有，很多人吃不惯，现在不是也都很爱吃了么？许多东西，乍一吃，吃不惯，吃吃，就吃出味儿来了。

你当然知道，我这里说的，都是与文艺创作有点关系的问题。

生机

芋头

　　一九四六年夏天,我离开昆明,去上海,途经香港,因为等船期,滞留了几天,住在一家华侨公寓的楼上。这是一家下等公寓,已经很敝旧了,墙壁多半没有粉刷过。住客是开机帆船的水手,跑澳门做鱿鱼、蠔油生意的小商人,准备到南洋开饭馆的厨师,还有一些说不清是什么身份的角色。这里吃住都是很便宜的。住,很简单,有一条席子,随便哪里都能躺一夜。每天两顿饭,米很白。菜是一碟炒通菜,一碟在开水里焯过的墨斗鱼脚,还顿顿如此。墨斗鱼脚,我倒爱吃,因为这是海味。——我在昆明七年,很少吃到海味。只是心情很不好。我到上海,想去谋一个职业,一点着落也没有,真是前途渺茫。带来的钱,买了船票,已经所剩无几。在这里又是举目无亲,连一个可以说说话的人都没有。我整天无所事事,除了到皇后道、德辅道去瞎逛,就是踅到走廊上去看水手、小商人、厨师打麻将。真是无聊呀。

我忽然发现了一个奇迹,一棵芋头!楼上的一侧,一个很大的阳台,阳台上堆着一堆煤块,煤块里竟然长出一棵芋头!大概不知是谁把一个不中吃的芋头随手扔在煤堆里,它竟然活了。没有土壤,更没有肥料,仅仅靠了一点雨水,它,长出了几片碧绿肥厚的大叶子,在微风里高高兴兴地摇曳着。在寂寞的羁旅之中看到这几片绿叶,我心里真是说不出的喜欢。

这几片绿叶使我欣慰,并且,并不夸张地说,使我获得一点生活的勇气。

豆芽

秦老九去点豆子。所有的田埂都点到了。——豆子一般都点在田埂的两侧,叫作"豆埂",很少占用好地的。豆子不需要精心管理,任其自由生长。谚云:"懒媳妇种豆。"还剩下一把。秦老九懒得把这豆子带回去。就掀开路旁一块石头,把豆子撒到石头下面,说了一声:"去你妈的。"又把石头放下了。

过了一阵,过了谷雨,立夏了,秦老九到田头去干活,路过这块石头,他的眼睛瞪得像铃铛:石头升高了!

他趴下来看看！豆子发了芽，一群豆芽把石头顶起来了。

"咦！"

刹那之间，秦老九成了一个哲学家。

长进树皮里的铁蒺藜

玉渊潭当中有一条南北的长堤，把玉渊潭隔成了东湖和西湖。堤中间有一水闸，东西两湖之水可通。东湖挨近钓鱼台。"四人帮"横行时期，沿东湖岸边拦了铁丝网。附近的老居民把铁丝网叫作铁蒺藜。铁丝网就缠在湖边的柳树干上，绕一个圈，用钉子钉死。东湖被圈禁起来了。湖里长满了水草，有成群的野鸭凫游，没有人。湖中的堤上还可以通过，也可以散散步，但是最好不要停留太久，更不能拍照。我的孩子有一次带了一个照相机，举起来对着钓鱼台方向比了比，马上走过来一个解放军，很严肃地说："不许拍照！"行人从堤上过，总不禁要向钓鱼台看两眼，心里想：那里头现在在干什么呢？

"四人帮"粉碎后，铁丝网拆掉了。东湖解放了。岸上有人散步，遛鸟，湖里有了游船，还有人划着轮胎内带扎成的筏子撒网捕鱼，有人弹吉他、吹口琴、唱歌。住在附近的老人每天在固定的地方聚会闲谈。他们谈柴米油盐、男婚女嫁、玉渊潭的变迁……

但是铁蒺藜并没有拆净。有一棵柳树上还留着一圈。铁蒺藜勒得紧,柳树长大了,把铁蒺藜长进树皮里去了。兜着铁蒺藜的树皮愈合了,鼓出了一圈,外面还露着一截铁的毛刺。

有人问:"这棵树怎么啦?"

一个老人说:"铁蒺藜勒的!"

这棵柳树将带着一圈长进树皮里的铁蒺藜继续往上长,长得很大,很高。

家常酒菜

家常酒菜，一要有点新意，二要省钱，三要省事。偶有客来，酒渴思饮。主人卷袖下厨，一面切葱姜，调佐料，一面仍可陪客人聊天，显得从容不迫，若无其事，方有意思。如果主人手忙脚乱，客人坐立不安，这酒还喝个什么劲！

拌菠菜

拌菠菜是北京大酒缸最便宜的酒菜。菠菜焯熟，切为寸段，加一勺芝麻酱、蒜汁，或要芥末，随意。过去（一九四八年以前）才三分钱一碟。现在北京的大酒缸已经没有了。

我做的拌菠菜稍为细致。菠菜洗净，去根，在开水锅中焯至八成熟（不可盖锅煮烂），捞出，过凉水，加一点盐，剁成菜泥，挤去菜汁，以手在盘中抟成宝塔状。先碎切香干（北方无香干，可以熏干代），如米粒大，泡好虾米，切姜末、青蒜末。香干末、虾米、姜末、青蒜末，手捏紧，分层堆在菠菜泥上，如宝塔顶。好酱油、香醋、小磨香油及少许味精在小碗中调好。菠菜上桌，将调料轻轻自塔顶淋下。吃时将宝塔推倒，诸料拌匀。

这是我的家乡制拌枸杞头、拌荠菜的办法。北京枸杞头不入馔，荠菜不香。无可奈何，代以菠菜，亦佳。清馋酒客，不妨一试。

拌萝卜丝

小红水萝卜，南方叫"杨花萝卜"，因为是杨花飘时上市的。洗净，去根须，不可去皮。斜切成薄片，再切为细丝，愈细愈好。加少糖，略腌，即可装盘。轻红嫩白，颜色可爱。扬州有一种菊花，即叫"萝卜丝"。临吃，浇以三合油（酱油、醋、香油）。

或加少量海蜇皮细丝同拌，尤佳。

家乡童谣曰："人之初，鼻涕拖，油炒饭，拌萝菠"，可见其普遍。

若无小水萝卜，可以心里美或卫青代，但不如杨花萝卜细嫩。

干丝

干丝是扬州菜。北方买不到扬州那种质地紧密，可以片薄片，切细丝的方豆腐干，可以豆腐片代。但须选色白，质紧，片薄者。切极细丝，以凉水拔二三次，去盐卤味及豆腥气。

拌干丝。拔后的豆腐片细丝入沸水中煮两三开，捞出，沥去水，置浅汤碗中。青蒜切寸段，略焯，虾米发透，并堆置豆腐丝上。五香花生米搓去皮膜，撒在周围。好酱油、小磨香油、醋（少量），淋入，拌匀。

煮干丝。鸡汤或骨头汤煮。若无鸡汤骨汤，用高压锅煮几片肥瘦肉取汤亦可，但必须有荤汤。加火腿丝、鸡丝。亦可少加冬菇丝、笋丝。或入虾仁、干贝，均无不可。欲汤白者入盐。或稍加酱油（万不可多），少量白糖，则汤色微红。拌干丝宜素，要清爽；煮干丝则不厌浓厚。

无论拌干丝、煮干丝，都要加姜丝，多多益善。

扦瓜皮

黄瓜（不太老即可）切成寸段，用水果刀从外至内旋成薄条，如带，成卷。剩下带籽的瓜心不用。酱油、糖、花椒、大料、桂皮、胡椒（破粒）、干红辣椒（整个）、味精、料酒（不可缺）调匀。将扦好的瓜皮投入料汁，不时以筷子翻动，使瓜皮沾透料汁，腌约一小时，取出瓜皮装盘。先装中心，然后以瓜皮瓜面朝外，层层码好，如一小馒头，仍以所余料汁自馒头顶淋下。扦瓜皮极脆，嚼之有声，诸味均透，仍有瓜香。此法得之海拉尔一曾治过国宴的厨师。一盘瓜皮，所费不过四五角钱耳。

炒苞谷

昆明菜。苞谷即玉米。嫩玉米剥出粒，与瘦猪肉同炒，少放盐。略用葱花煸锅亦可，但葱花不能煸得过老，如成黑色，即不美观。不宜用酱油，酱油会掩盖苞谷的清香。起锅时可稍烹水，但不能多，多则成煮苞谷矣！我到菜市买玉米，挑嫩的，别人都很奇怪："挑嫩的干什么？"——"炒肉。"——"玉米能炒了吃？"北京人真是少见多怪。

松花蛋拌豆腐

北豆腐入开水焯过,俟冷,切为小骰子块,加少许盐。松花蛋(要腌得较老的),亦切为骰子块,与豆腐同拌。老姜在蒜臼中捣烂,加水,滗去渣,淋入。不宜用姜米,亦不加醋。

芝麻酱拌腰片

拌腰片要领:一、先不要去腰臊,只用快刀两面平片,剩下腰臊即可扔掉。如先将腰子平剖两半,剔出腰臊,再用平刀片,则腰片易残破不整。二、腰片须用凉水拔,频频换水,至腰片血水排净,方可用。三、焯腰片要锅大水多。等水大开,将腰片推下,旋即用笊篱抄出,不可等腰片复开。将第一次焯腰片的水泼去,洗净锅,再坐锅,水大开,将焯过一次的腰片投入再焯,旋即捞出,放凉水盆中。两次焯,则腰片已熟,而仍脆嫩。如一次焯,待腰片大开,即成煮矣。腰片凉透,挤去水,入盘,浇以生芝麻酱、剁碎的郫县豆瓣、葱末、姜米、蒜泥。

拌里脊片

以四川制水煮牛肉法制猪肉，亦可。里脊或通脊斜切薄片，以芡粉抓过。烧开水一锅，投入肉片，以笊篱翻拢，至肉片变色，即可捞出，加调料。

如热吃，即可倾入水煮牛肉的调料：郫县豆瓣（剁碎）炒至出香味，加酱油、少量糖、料酒。最后撒碾碎的生花椒、芝麻。

焯过肉的汤，撇去浮沫，可做一个紫菜汤。

塞馅回锅油条

油条两股拆开，切成寸半长的小段。拌好猪肉（肥瘦各半）馅。馅中加盐、葱花、姜末。如加少量榨菜末或酱瓜末、川冬菜末，亦可。

用手指将油条小段的窟窿捅通，将肉馅塞入，逐段下油锅炸至油条挺硬，肉馅已熟，捞出装盘。此菜嚼之酥脆。油条中有矾，略有涩味，比炸春卷味道好。

这道菜是本人首创，为任何菜谱所不载。很多菜都是馋人瞎捉摸出来的。

其他酒菜

凤尾鱼、广东香肠,市上可以买到;茶叶蛋、油炸花生米、五香煮栗子、煮毛豆,人人会做;盐水鸭、水晶肘子,做起来太费事,皆不及。

吃食和文学

咸菜和文化

偶然和高晓声谈起"文化小说",晓声说:"什么叫文化?——吃东西也是文化。"我同意他的看法。这两天自己在家里腌韭菜花,想起咸菜和文化。

咸菜可以算是一种中国文化。西方似乎没有咸菜。我吃过"洋泡菜",那不能算咸菜。日本有咸菜,但不知道有没有中国这样盛行。"文革"前《福建日报》登过一则猴子腌咸菜的新闻,一个新华社归侨记者用此材料写了一篇对外的特稿:"猴子会腌咸菜吗?"被批评为"资产阶级新闻观点"。——为什么这就是资产阶级新闻观点呢?猴子腌咸菜,大概是跟人学的。于此可以证明咸菜在中国是极为常见的东西。中国不出咸菜的地方大概不多。各地的咸菜各有特点,互不雷同。北京的水疙瘩、天津的津冬菜、保定的春不老。"保定有三宝,铁球、面酱、春不老",我吃过苏州的春不老,是用带缨子的很小的萝卜腌制的，腌成后寸把长的小缨子还是碧绿的，极嫩，微甜，好吃，名字也起得好。保定的春不老想也是这样的。周作人曾说他的家乡经常吃的是咸极了的咸鱼和咸极了的咸菜。鲁迅《风波》里写的蒸得乌黑的干菜很诱人。腌雪里蕻南北皆有。上海人爱吃咸菜肉丝面和雪笋汤。云南曲靖的韭菜花风味绝佳。曲靖韭菜花的主料其实是细切晾干的萝卜丝，与北京作为吃涮羊肉的调料的韭菜花不同。贵州有冰糖酸，乃以芥菜加醪糟、辣子腌成。四川咸菜种类极多，据说必以自流井的粗盐腌制乃佳。行销（真是"行销"）全国，远至海外（有华侨的地方）。堪称咸菜之王的，应数榨菜。朝鲜辣菜也可以算是咸菜。延边的腌蕨菜北京偶有卖的，人多不识。福建的黄萝卜很有名，可惜未曾吃过。我的家乡每到秋末冬初，多数人家都腌萝卜干。到店铺里学徒，要"吃三年萝卜干饭"，言其缺油水也。中国咸菜多矣，此不能备载。如果有人写一本《咸菜谱》，将是一本非常有意思的书。

咸菜起于何时，我一直没有弄清楚。古书里有一个"菹"字，我少时曾以为是咸菜。后来看《说文解字》，菹字下注云："酢菜也"，不对了。汉字凡从酉者，都和酒有点关系。酢菜现在还有。昆明的"茄子酢"、湖南乾城的"酢辣子"，都是密封在坛子里使酒化了的，吃起来都带酒香。这不能算是咸菜。有一个虀字，则确乎是咸菜了。这是切碎了腌的。这东西的颜色是发黄的，故称"黄蕻"。腌制得法，"色如金钗股"云。我无端地觉得，这恐怕就是酸雪里蕻。

蕻似乎不是很古的东西。这个字的大量出现好像是在宋人的笔记和元人的戏曲里。这是穷秀才和和尚常吃的东西。"黄蕻"成了嘲笑秀才和和尚，亦为秀才和和尚自嘲的常用的话头。中国咸菜之多，制作之精，我以为跟佛教有一点关系。佛教徒不茹荤，又不一定一年四季都能吃到新鲜蔬菜，于是就在咸菜上打主意。我的家乡腌咸菜腌得最好的是尼姑庵。尼姑到相熟的施主家去拜年，都要备几色咸菜。关于咸菜的起源，我在看杂书时还要随时留心，并希望博学而好古的馋人有以教我。

和咸菜相伯仲的是酱菜。中国的酱菜大别起来，可分为北味的与南味的两类。北味的以北京为代表。六必居、天源、后门的"大葫芦"都很好。——"大葫芦"门悬大葫芦为记，现在好像已经没有了。保定酱菜有名，但与北京酱菜区别实不大。南味的以扬州酱菜为代表，商标为"三和"、"四美"。北方酱菜偏咸，南则偏甜。中国好像什么东西都可以拿来酱。萝卜、瓜、莴苣、蒜苗、甘露、藕，乃至花生、核桃、杏仁，无不可酱。北京酱菜里有酱银苗，我到现在还不知道究竟是什么东西。只有荸荠不能酱。我的家乡不兴到酱园里开口说买酱荸荠，那是骂人的话。

酱菜起于何时，我也弄不清楚。不会很早。因为制酱菜有个前提，必得先有酱，——豆制的酱。酱，——酱油，是中国一大发明。"柴米油盐酱醋茶"，酱为开门七事之一。中国菜多数要放酱油。西方没有。有一个京剧演员出国，回来总结了一条经验，告诫同行，以后若有出国机会，必须带一盒固体酱油！没有郫县豆瓣，就做不出"正宗川味"。但是中国古代的酱和现在的酱不是一回事。《说文》酱字注云从肉、从酉、爿声。这是加盐、加酒、经过发酵的肉酱。《周礼·天官·膳夫》："凡王之馈，酱用百有二十瓮"，郑玄注："酱，谓醯醢也。"醯，醢，都是肉酱。大概较早出现的是豉，其后才有现在的酱。汉代著作中提到的酱，好像已是豆制的。东汉王充《论衡》："作豆酱恶闻雷"，明确提到豆酱。《齐民要术》提到酱油，但其时已至北魏，距现在一千五百多年。——当然，这也相当古了。酱菜的起源，我现在还没有查出来，俟诸异日吧。

考查咸菜和酱菜的起源，我不反对，而且颇有兴趣。但是，也不一定非得寻出它的来由不可。

"文化小说"的概念颇含糊。小说重视民族文化，并从生活的深层追寻某种民族文化的"根"，我以为是未可厚非的。小说要有浓郁的民族色彩，不在民族文化里腌一腌、酱一酱，是不成的，但是不一定非得追寻得那么远，非得追寻到一种苍苍莽莽的古文化不可。古文化荒邈难稽（连咸菜和酱菜的来源我们还不清楚）。

寻找古文化，是考古学家的事，不是作家的事。从食品角度来说，与其考察太子丹请荆轲吃的是什么，不如追寻一下"春不老"；与其查究楚辞里的"蕙肴蒸"，不如品味品味湖南豆豉；与其追溯断发文身的越人怎样吃蛤蜊，不如蒸一碗霉干菜，喝两杯黄酒。我们在小说要表现的文化，首先是现在的，活着的；其次是昨天的，消逝不久的。理由很简单，因为我们可以看得见，摸得着，尝得出，想得透。

口味·耳音·兴趣

我有一次买牛肉。排在我前面的是一个中年妇女，看样子是个知识分子，南方人。轮到她了，她问卖牛肉的："牛肉怎么做？"我很奇怪，问："您没有做过牛肉？"——"没有。我们家不吃牛羊肉。"——"那您买牛肉——？"——"我的孩子大了，他们会到外地去。我让他们习惯习惯，出去了好适应。"这位做母亲的用心良苦。我于是尽了一趟义务，把她请到一边，讲了一通牛肉做法，从清炖、红烧、咖喱牛肉，直到广东的蚝油炒牛肉、四川的水煮牛肉、干煸牛肉丝……

有人不吃羊肉。我们到内蒙去体验生活。有一位女同志不吃羊肉，——闻到羊肉气味都恶心，这可苦了。她只好顿顿吃开水泡饭，吃咸菜。看见我吃手抓羊肉、羊贝子（全羊）吃得那样香，直生气！

有人不吃辣椒。我们到重庆去体验生活。有几个女演员去吃汤圆，进门就嚷嚷："不要辣椒！"卖汤圆的冷冷地说："汤圆没有放辣椒的！"

许多东西不吃，"下去"，很不方便。到一个地方，听不懂那里的话，也很麻烦。

我们到湘鄂赣去体验生活。在长沙，有一个同志的鞋坏了，去修鞋，鞋铺里不收。"为什么？"——"修鞋的不好过。"——"什么？"——"修鞋的不好过！"我只得给他翻译一下，告诉他修鞋的今天病了，他不舒服。上了井冈山，更麻烦了：井冈山人说的是客家话。我们听一位队长介绍情况，他说这里没有人肯当干部，他挺身而出，他老婆反对，说是"辣子毛补，两头秀腐"——"什么什么？"我又得给他翻译："辣椒没有营养，吃下去两头受苦。"这样一翻译可就什么味道也没有了。

我去看昆曲，"打虎游街""借茶活捉"……好戏。小丑的苏白尤其传神，我听得津津有味，不时发出笑声。邻座是一个唱花旦的女演员，她听不懂，直着急，老问："他说什么？说什么？"我又不能逐句翻译，她很遗憾。

我有一次到民族饭店去找人，身后有几个少女在叽叽呱呱地说很地道的苏州话。一边的电梯来了，一个少女大声招呼她的同伴："乖面乖面！（这边这边）"我回头一看：说苏州话的是几个美国人！

我们那位唱花旦的女演员在语言能力上比这几个美国少女可差多了。

一个文艺工作者、一个作家、一个演员的口味最好杂一点，从北京的豆汁到广东的龙虱都尝尝（有些吃的我也招架不了，比如贵州的鱼腥草）；耳音要好一些，能多听懂几种方言，四川话、苏州话、扬州话（有些话我也一句不懂，比如温州话）。否则，是个损失。

口味单调一点、耳音差一点，也还不要紧，最要紧的是对生活的兴趣要广一点。

苦瓜是瓜吗？

昨天晚上，家里吃白兰瓜。我的一个小孙女，还不到三岁，一边吃，一边说："白兰瓜、哈密瓜、黄金瓜、华莱士瓜、西瓜，这些都是瓜。"我很惊奇了：她已经能自己经过归纳，形成"瓜"的概念了（没有人教过她）。这表示她的智力已经发展到了一个重要的阶段。凭借概念，进行思维，是一切科学的基础。她奶奶问她："黄瓜呢？"她点点头。"苦瓜呢？"她摇摇头。我想：她大概认为"瓜"是可吃的，并且是好吃的（这些瓜她都吃过）。今天早起，又问她："苦瓜是不是瓜？"她还是坚决地摇了摇头，并且说明她的理由："苦瓜不像瓜。"我于是进一步想：我对她的概念的分析是不完全的。原来在她的"瓜"概念里除了好吃不好吃，还有一个像不像的问题（苦瓜的表皮疙里疙瘩的，也确实不大像瓜）。我翻了翻《辞海》，看到苦瓜属葫芦科。那么，我的孙女认为苦瓜不是瓜，是有道理的。我又翻了翻《辞海》的"黄瓜"条：黄瓜也是属葫芦科。苦瓜、黄瓜习惯上都叫作瓜；而另一种很"像"是瓜的东西，在北方却称之为"西葫芦"。瓜乎？葫芦乎？苦瓜是不是瓜呢？我倒糊涂起来了。

前天有两个同乡因事到北京，来看我。吃饭的时候，有一盘炒苦瓜。同乡之一问："这是什么？"我告诉他是苦瓜。他说："我倒要尝尝。"夹了一小片入口："乖乖！真苦啊！——这个东西能吃？为什么要吃这种东西？"我说："酸甜苦辣咸，苦也是五味之一。"他说："不错！"我告诉他们这就是癞葡萄。另一同乡说："'癞葡萄'，那我知道的。癞葡萄能这个吃法？"

"苦瓜"之名，我最初是从石涛的画上知道的。我家里有不少有正书局珂罗版印的画集，其中石涛的画不少。我从小喜欢石涛的画。石涛的别号甚多，除石涛外有释济、清湘道人、大涤子、瞎尊者和苦瓜和尚。但我不知道苦瓜为何物。到了昆明，一看：哦，原来就是癞葡萄！我的大伯父每年都要在后园里种几棵癞葡萄，不是为了吃，是为了成熟之后摘下来装在盘子里看着玩的。有时也剖开一两个，挖出籽儿来尝尝。有一点甜味，并不好吃。而且颜色鲜红，如同一个一个血饼子，看起来很刺激，也使人不大敢吃它。当作菜，我没有吃过。有一个西南联大的同学，是个诗人，他整了我一下子。我曾经吹牛，说没有我不吃的东西。他请我到一个小饭馆吃饭，要了三个菜：凉拌苦瓜、炒苦瓜、苦瓜汤！我咬咬牙，全吃了。从此，我就吃苦瓜了。

苦瓜原产于印度尼西亚，中国最初种植是广东、广西。现在云南、贵州都有。据我所知，最爱吃苦瓜的似是湖南人。有一盘炒苦瓜，——加青辣椒、豆豉，少放点猪肉，湖南人可以吃三碗饭。石涛是广西全州人，他从小就是吃苦瓜的，而且一定很爱吃。"苦瓜和尚"这别号可能有一点禅机，有一点独往独来，不随流俗的傲气，正如他叫"瞎尊者"，其实并不瞎；但也可能是一句实在话。石涛中年流寓南京，晚年久住扬州。南京人、扬州人看见这个和尚拿癞葡萄来炒了吃，一定会觉得非常奇怪的。

北京人过去是不吃苦瓜的。菜市场偶尔有苦瓜卖，是从南方运来的。买的也都是南方人。近二年北京人也有吃苦瓜的了，有人还很爱吃。农贸市场卖的苦瓜都是本地的菜农种的，所以格外鲜嫩。看来人的口味是可以改变的。

由苦瓜我想到几个有关文学创作的问题：

一、应该承认苦瓜也是一道菜。谁也不能把苦从五味里开除出去。我希望评论家、作家——特别是老作家，口味要杂一点，不要偏食。不要对自己没有看惯的作品轻易地否定、排斥。不要像我的那位同乡一样，问道："这个东西能吃？为什么要吃这种东西？"提出"这样的作品能写？为什么要写这样的作品？"我希望他们能习惯类似苦瓜一样的作品，能吃出一点味道来，如现在的某些北京人。

二、《辞海》说苦瓜"未熟嫩果作蔬菜，成熟果瓤可生食"。对于苦瓜，可以各取所需，愿吃皮的吃皮，愿吃瓤的吃瓤。对于一个作品，也可以见仁见智。可以探索其哲学意蕴，也可以踪迹其美学追求。北京人吃凉拌芹菜，只取嫩茎，西餐馆做罗宋汤则专要芹菜叶。人弃人取，各随尊便。

三、一个作品算是现实主义的也可以，算是现代主义的也可以，只要它真是一个作品。作品就是作品。正如苦瓜，说它是瓜也行，说它是葫芦也行，只要它是可吃的。苦瓜就是苦瓜。——如果不是苦瓜，而是狗尾巴草，那就另当别论。截至现在为止，还没有人认为狗尾巴草很好吃。

第三辑

风物忆吾乡

跑警报

西南联大有一位历史系的教授，——听说是雷海宗先生，他开的一门课因为讲授多年，已经背得很熟，上课前无需准备；下课了，讲到哪里算哪里，他自己也不记得。每回上课，都要先问学生："我上次讲到哪里了？"然后就滔滔不绝地接着讲下去。班上有个女同学，笔记记得最详细，一句不落。雷先生有一次问她："我上一课最后说的是什么？"这位女同学打开笔记夹，看了看，说："您上次最后说：'现在已经有空袭警报，我们下课。'"

这个故事说明昆明警报之多。我刚到昆明的头二年，一九三九、一九四〇年，三天两头有警报。有时每天都有，甚至一天有两次。昆明那时几乎说不上有空防力量，日本飞机想什么时候来就来。有时竟至在头一天广播：明天将有二十七架飞机来昆明轰炸。日本的空军指挥部还真言而有信，说来准来！

一有警报，别无他法，大家就都往郊外跑，叫作"跑警报"。"跑"和"警报"联在一起，构成一个语词，细想一下，是有些奇特的，因为所跑的并不是警报。这不像"跑马"、"跑生意"那样通顺。但是大家就这么叫了，谁都懂，而且觉得很合适。也有叫"逃警报"或"躲警报"的，都不如"跑警报"准确。"躲"，太消极；"逃"又太狼狈。唯有这个"跑"字于紧张中透出从容，最有风度，也最能表达丰富生动的内容。

　　有一个姓马的同学最善于跑警报。他早起看天，只要是万里无云，不管有无警报，他就背了一壶水，带点吃的，夹着一卷温飞卿或李商隐的诗，向郊外走去。直到太阳偏西，估计日本飞机不会来了，才慢慢地回来。这样的人不多。

　　警报有三种。如果在四十多年前向人介绍警报有几种，会被认为有"神经病"，这是谁都知道的。然而对今天的青年，却是一项新的课题。一曰"预行警报"。

　　联大有一个姓侯的同学，原系航校学生，因为反应迟钝，被淘汰下来，读了联大的哲学心理系。此人对于航空旧情不忘，曾用黄色的"标语纸"贴出巨幅"广告"，举行学术报告，题曰《防空常识》。他不知道为什么对"警报"特别敏感。他正在听课，忽然跑了出去，站在"新校舍"的南北通道上，扯起嗓子大声喊叫："现在有预行警报，五华山挂了三个红球！"可不！抬头望南一看，五华山果然挂起了三个很大的红球。五华山是昆明的制高点，红球挂出，全市皆见。我们一直很奇怪：他在教室里，正在听讲，怎么会"感觉"到五华山挂了红球呢？——教室的门窗并不都正对五华山。

一有预行警报，市里的人就开始向郊外移动。住在翠湖迤北的，多半出北门或大西门，出大西门的似尤多。大西门外，越过联大新校舍门前的公路，有一条由南向北的用浑圆的石块铺成的宽可五六尺的小路。这条路据说是古驿道，一直可以通到滇西。路在山沟里，平常走的人不多，常见的是驮着盐巴、碗糖或其他货物的马帮走过。赶马的马锅头侧身坐在木鞍上，从齿缝里咝咝地吹出口哨（马锅头吹口哨都是这种吹法，没有撮唇而吹的），或低声唱着呈贡"调子"：

哥那个在至高山那个放呀放放牛，
妹那个在至花园那个梳那个梳梳头。
哥那个在至高山那个招呀招招手，
妹那个在至花园点那个点点头。

这些走长道的马锅头有他们的特殊装束。他们的短褂外都套了一件白色的羊皮背心，脑后挂着漆布的凉帽，脚下是一双厚牛皮底的草鞋状的凉鞋，鞋帮上大都绣了花，还钉着亮晶晶的"鬼眨眼"亮片。——这种鞋似只有马锅头穿，我没见从事别种行业的人穿过。马锅头押着马帮，从这条斜阳古道上走过，马项铃哗棱哗棱地响，很有点浪漫主义的味道，有时会引起远客的游子一点淡淡的乡愁……

有了预行警报，这条古驿道就热闹起来了。从不同方向来的人都拥向这里，形成了一条人河。走出一截，离市较远了，就分散到古道两旁的山野，各自寻找一个合适的地方待下来，心平气和地等着，——等空袭警报。

联大的学生见到预行警报，一般是不跑的，都要等听到空袭警报：汽笛声一短一长，才动身。新校舍北边围墙上有一个后门，出了门，过铁道（这条铁道不知起讫地点，从来也没见有火车通过），就是山野了。要走，完全来得及。——所以雷先生才会说"现在已经有空袭警报"。只有预行警报，联大师生一般都是照常上课的。

跑警报大都没有准地点，漫山遍野。但人也有习惯性，跑惯了哪里，愿意上哪里。大多是找一个坟头，这样可以靠靠。昆明的坟多有碑，碑上除了刻下坟主的名讳，还刻出"×山×向"，并开出坟茔的"四至"。这风俗我在别处还未见过。这大概也是一种古风。

说是漫山遍野，但也有几个比较集中的"点"。古驿道的一侧，靠近语言研究所资料馆不远，有一片马尾松林，就是一个点。这地方除了离学校近，有一片碧绿的马尾松，树下一层厚厚的干了的松毛，很软和，空气好，——马尾松挥发出很重的松脂气味，晒着从松枝间漏

无机心、少俗虑。"闻多素心人,乐与数晨夕。"

万物可爱

下的阳光，或仰面看松树上面的蓝得要滴下来的天空，都极舒适外，是因为这里还可以买到各种零吃。昆明做小买卖的，有了警报，就把担子挑到郊外来了。五味俱全，什么都有。最常见的是"丁丁糖"。"丁丁糖"即麦芽糖，也就是北京人祭灶用的关东糖，不过做成一个直径一尺多，厚可一寸许的大糖饼，放在四方的木盘上，有人掏钱要买，糖贩即用一个刨刃形的铁片楔入糖边，然后用一个小小铁锤，一击铁片，丁的一声，一块糖就震裂下来了，——所以叫作"丁丁糖"。其次是炒松子。昆明松子极多，个大皮薄仁饱，很香，也很便宜。我们有时能在松树下面捡到一个很大的成熟了的生的松球，就掰开鳞瓣，一颗一颗地吃起来。——那时候，我们的牙都很好，那么硬的松子壳，一嗑就开了！

另一个集中点比较远，得沿古驿道走出四五里，驿道右侧较高的土山上有一横断的山沟（大概是哪一年地震造成的），沟深约三丈，沟口有二丈多宽，沟底也宽有六七尺。这是一个很好的天然防空沟，日本飞机若是投弹，只要不是直接命中，落在沟里，即便是在沟顶上爆炸，弹片也不易蹦进来。机枪扫射也不要紧，沟的两壁是死角。这道沟可以容数百人。有人常到这里，就利用闲空，在沟壁上修了一些私人专用的防空洞，大小不等，形式不一。这些防空洞不仅表面光洁，有的还用碎石子或破瓷片嵌出图案，缀成对联。对联大都有新意。我至今记得两副，一副是：

人生几何

　　恋爱三角

一副是：

　　见机而作

　　入土为安

对联的嵌缀者的闲情逸致是很可叫人佩服的。前一副也许是有感而发，后一副却是记实。

警报有三种。预行警报大概是表示日本飞机已经起飞。拉空袭警报大概是表示日本飞机进入云南省境了，但是进云南省不一定到昆明来。等到汽笛拉了紧急警报：连续短音，这才可以肯定是朝昆明来的。空袭警报到紧急警报之间，有时要间隔很长时间，所以到了这里的人都不忙下沟——沟里没有太阳，而且过早地像云冈石佛似的坐在洞里也很无聊，大都先在沟上看书、闲聊、打桥牌。很多人听到紧急警报还不动，因为紧急警报后日本飞机也不定准来，常常是折飞到别处去了。要一直等到看见飞机的影子了，这才一骨碌站起来，下沟，进洞。联大的学生，以及住在昆明的人，对跑警报太有经验了，从来不仓惶失措。

上举的前一副对联或许是一种泛泛的感慨，但也是有现实意义的。跑警报是谈恋爱的机会。联大同学跑警报时，成双作对的很多。空袭警报一响,男的就在新校舍的路边等着,有时还提着一袋点心吃食,宝珠梨、花生米……他等的女同学来了,"嗨!"于是欣然并肩走出新校舍的后门。跑警报说不上是同生死,共患难,但隐隐约约有那么一点危险感,和看电影、遛翠湖时不同。这一点危险感使两方的关系更加亲近了。女同学乐于有人伺候,男同学也正好殷勤照顾,表现一点骑士风度。正如孙悟空在高老庄所说:"一来医得眼好,二来又照顾了郎中,这是凑四合六的买卖。"从这点来说,跑警报是颇为罗曼蒂克的。有恋爱,就有三角,有失恋。跑警报的"对儿"并非总是固定的,有时一方被另一方"甩"了,两人"吹"了,"对儿"就要重新组合。写(姑且叫作"写"吧)那副对联的,大概就是一位被"甩"的男同学。不过,也不一定。

警报时间有时很长,长达两三个小时,也很"腻歪"。紧急警报后,日本飞机轰炸已毕,人们就轻松下来。不一会,"解除警报"响了:汽笛拉长音,大家就起身拍拍尘土,络绎不绝地返回市里。也有时不等解除警报,很多人就往回走:天上起了乌云,要下雨了。一下雨,日本飞机不会来。在野地里被雨淋湿,可不是事!一有雨,我们有一个同学一定是一马当先往回奔,就是前面所说那位报告预行警报的姓侯的。他奔回新校舍,到各个宿舍搜罗了很多雨伞,放在新校舍的后门外,见有女同学来,就递过一把。他怕这些女同学挨淋。这位侯同学长得五大三粗,却有一副贾宝玉的心肠。大概是上了吴雨僧先生的《红楼梦》的课，受了影响。侯兄送伞，已成定例。警报下雨，一次不落。名闻全校，贵在有恒。——这些伞，等雨住后他还会到南院女生宿舍去敛回来，再归还原主的。

跑警报，大都要把一点值钱的东西带在身边。最方便的是金子，——金戒指。有一位哲学系的研究生曾经作了这样的逻辑推理：有人带金子，必有人会丢掉金子，有人丢金子，就会有人捡到金子，我是人，故我可以捡到金子。因此，他跑警报时，特别是解除警报以后，他每次都很留心地巡视路面。他当真两次捡到过金戒指！逻辑推理有此妙用，大概是教逻辑学的金岳霖先生所未料到的。

联大师生跑警报时没有什么可带，因为身无长物，一般大都是带两本书或一册论文的草稿。有一位研究印度哲学的金先生每次跑警报总要提了一只很小的手提箱。箱子里不是什么别的东西，是一个女朋友写给他的信——情书。他把这些情书视如性命，有时也会拿出一两封来给别人看。没有什么不能看的，因为没有卿卿我我的肉麻的话，只是一个聪明女人对生活的感受，文字很俏皮，充满了英国式的机智，是一些很漂亮的Essay，字也很秀气。这些信实在是可以拿来出版的。金先生辛辛苦苦地保存了多年，现在大概也不知去向了，可惜。我看过这个女人的照片，人长得就像她写的那些信。

联大同学也有不跑警报的，据我所知，就有两人。一个是女同学，姓罗。一有警报，她就洗头。别人都走了，锅炉房的热水没人用，她可以敞开来洗，要多少水有多少水！另一个是一位广东同学，姓郑。他爱吃莲子。一有警报，他就用一个大漱口缸到锅炉火口上去煮莲子。警报解除了，他的莲子也烂了。有一次日本飞机炸了联大，昆明北院、南院，都落了炸弹，这位郑老兄听着炸弹乒乒乓乓在不远的地方爆炸，依然在新校舍大图书馆旁的锅炉上神色不动地搅和他的冰糖莲子。

抗战期间，昆明有过多少次警报，日本飞机来过多少次，无法统计。自然也死了一些人，毁了一些房屋。就我的记忆，大东门外，有一次日本飞机机枪扫射，田地里死的人较多。大西门外小树林里曾炸死了好几匹驮木柴的马。此外似无较大伤亡。警报、轰炸，并没有使人产生血肉横飞，一片焦土的印象。

日本人派飞机来轰炸昆明，其实没有什么实际的军事意义，用意不过是吓唬吓唬昆明人，施加威胁，使人产生恐惧。他们不知道中国人的心理是有很大的弹性的，不那么容易被吓得魂不附体。我们这个民族，长期以来，生于忧患，已经很"皮实"了，对于任何猝然而来的灾难，都用一种"儒道互补"的精神对待之。这种"儒道互补"的真髓，即"不在乎"。这种"不在乎"精神，是永远征不服的。

为了反映"不在乎"，作《跑警报》。

昆明的花

——昆明忆旧之六

茶花

张岱的文章里不止一次提到"滇茶一本",云南茶花驰名久矣。茶花曾被选为云南省花。曾见过一本《云南茶花》照相画册,印制得很精美,大概就是那一年编印的。茶花品种很多,颜色、花形各异。滇茶为全国第一,在全世界也是有数的。这大概是因为云南的气候土壤都于茶花特别相宜。

西山某寺(偶忘寺名)有一棵很大的红茶花。一棵茶花,占了大雄宝殿前的院子的一多半,——寺庙的庭院都是很大的。花开时,至少有上百朵,花皆如汤碗口大。碧绿的厚叶子,通红的花头,使人不暇仔细观赏,只觉得烈烈轰轰的一大片,真是壮观。寺里的和尚怕树身负担不了那么多花头的重量,用杉木搭了很大的架子,支撑着四面的枝条。我一生没有看见过这样高大的茶花。

茶花的花期很长。我似乎没有见过一朵凋败在树上的茶花。这也是茶花的可贵处。

汤显祖把他的居室名为"玉茗堂"。俞平伯先生在一篇文章里说，玉茗是一种名贵的白茶花。我在《云南茶花》那本画册里好像没有发现"玉茗"这一名称。不过我相信云南是一定有玉茗的，也许叫作什么别的名字。

樱花

春雨既足，风和日暖，圆通公园樱花盛开。花开时，游人很多，蜜蜂也很多。圆通公园多假山，樱花就开在假山的上上下下。樱花无姿态，花形也平常，不耐细看，但是当得一个"盛"字。那么多的花，如同明霞绛雪，真是热闹！身在耀眼的花光之中，满耳是嗡嗡的蜜蜂声音，使人觉得有点晕晕忽忽的。此时人与樱花已经融为一体。风和日暖，人在花中，不辨为人为花。

兰花

曾到一位绅士家做客，——他的女儿是我们的同学。这位绅士曾经当过一任教育总长,多年闲居在家,每天除了看看报纸,研究在很远的地方进行的战争,谈谈中国的线装书和法国小说,剩下的嗜好是种兰花。他的客厅里摆着几十盆兰花。这间屋子仿佛已为兰花的香气所窨透,纱窗竹帘,无不带有淡淡的清香。屋里屋外都静极了。坐在这间客厅里,用细瓷盖碗喝着"滇绿",看看披拂的兰叶,清秀素雅的兰花箭子,闻嗅着兰花的香气,真不知身在何世。

我的一位老师曾在呈贡桃园住过几年。他的房东也是爱种兰花的。隔了差不多四十年,这位先生还健在,已经是一位老者了。经过"文化大革命",他的兰花居然能保存了下来。他的女儿要到北京来玩,劝说她父亲也到北京走走,老人不同意,他说:"我的这些兰花咋个整?"

缅桂花

昆明缅桂花多,树大,叶茂,花繁。每到雨季,一城都是缅桂花的浓香,我已于《昆明的雨》中说及,不复赘。

粉团花

粉团花即绣球。昆明人谓之"粉团",亦有理致。

云南民歌："阿妹好像粉团花"，用绣球花来比拟少女，别处的民歌里好像还未见过。于此可见云南绣球甚多，遍布城乡，所以歌手们能近取譬。

康乃馨·菖兰·夜来香

康乃馨昆明人谓之洋牡丹，菖兰即剑兰，夜来香在有的地方叫作晚香玉。这都是插瓶的花。康乃馨有红的、粉的、白的。菖兰的颜色更多，粉色的，白色的，黄色的，紫得发黑的。夜来香洁白如玉。昆明近日楼有一个很大的花市，卖花人把水灵灵的鲜花摊在一片芭蕉叶上卖。鲜花皆烂贱，买一大把鲜花和称二斤青菜的价钱差不多。

美人蕉和波斯菊

波斯菊叶子极细碎轻柔。花粉紫色，单瓣，瓣极薄。微风吹拂，花叶动摇，如梦如烟。

我原以为波斯菊只有南方有，后来在张家口坝上沽源县的街头也看见了这种花，只是塞北少雨水，花开得不如昆明滋润。在沽源看见波斯菊使我非常惊喜，因为它使我一下子想起了昆明。

波斯菊真是从波斯传来的么?那么你是一位远客了。

昆明的美人蕉皆极壮大,花也大,浓红如鲜血。红花绿叶,对比鲜明。我曾到郊区一中学去看一个朋友,未遇。学校已经放了暑假,一个人没有,安安静静的,校园的花圃里一大片美人蕉赫然地开着鲜红鲜红的大花。我感到一种特殊的、颜色强烈的寂寞。

叶子花

叶子花别处好像是叫作三角梅,昆明人就老是不客气地叫它叶子花,因为它的花瓣和叶子完全一样,只是长条的顶端的十几撮花的颜色是紫红的,而下边的叶子是深绿的。青莲街拐角有一家很大的公馆,围墙的墙头上种的都是叶子花。墙头上种花,少有!

报春花

我想查一查报春花的资料。家里只有一本《辞海》。我相信《辞海》里是不会收这一条的。报春花不是名花。但我还是抱着姑且查查看的心情翻开了《辞海》,不料竟有!

> 报春花……一年生草本。叶基生，长卵形，顶端圆钝，基部楔形或心形，边缘有不整齐缺裂，缺裂具细锯齿，上面被纤毛，下面有白粉或疏毛。秋季开花，花高脚碟状，红色或淡紫色，伞形花序2—4轮，蒴果球形。多生于荒野、田边。原产我国云南、贵州。各地栽培，供观赏。

不错，不错！就是它，就是它！难得是它把报春花描写得这样仔细。尤其使我欢喜的，是它告诉我云南是报春花的老家。

我在北京的一家花店里重遇报春花，栽在花盆里，标价一元一盆。我不禁笑了：这种东西也卖钱！我们在昆明市，到田边散步，一扯就是一大把！

香港的鸟

早晨九点钟,在跑马地一带闲走。香港人起得晚,商店要到十一点才开门,这时街上人少,车也少,比较清静。看见一个人,大概五十来岁,手里托着一只鸟笼。这只鸟笼的底盘只有一本大三十二开的书那样大,两层,做得很精致。这种双层的鸟笼,我还是头一次见到。楼上楼下,各有一只绣眼。香港的绣眼似乎比内地的更为小巧。他走得比较慢,近乎是在散步。——香港人走路都很快,总是匆匆忙忙,好像都在赶着去办一件什么事。在香港,看见这样一个遛鸟的闲人,我觉得很新鲜,至少他这会儿还是清闲的,——也许过一个小时他就要忙碌起来了。他这也算是遛鸟了,虽然在林立的高楼之间,在狭窄的人行道上遛鸟,不免有点滑稽。而且这时候遛鸟,也太晚了一点。——北京的遛鸟的这时候早遛完了,回家了。莫非香港的鸟也醒得晚?

在香港的街上遛鸟,大概只能用这样精致的双层小鸟笼。像徐州人那样可不行。——我忽然想起徐州人遛鸟。徐州人养百灵,笼极高大,高三四尺(笼里的"台"也比北京的高得多),无法手提,只能用一根打磨得极光滑的枣木杆子作扁担,把鸟笼担着。或两笼,或三笼、四笼。这样的遛鸟,只能在旧黄河岸,慢慢地走。如果在香港,担着这样高大的鸟笼,用这样的慢步遛鸟,是绝对不行的。

我告诉张辛欣,我看见一个香港遛鸟的人,她说:"你就注意这样的事情!"我也不禁自笑。

在隔海的大屿山,晨起,听见斑鸠叫。艾芜同志正在散步,驻足而听,说:"斑鸠。"意态悠远,似乎有所感触,又似乎没有。

宿大屿山,夜间听见蟋蟀叫。

临离香港,被一个记者拉住,问我对于香港的观感。匆促之间,不暇细谈,我只说:"眼花缭乱,应接不暇。"并说我在香港听到了斑鸠和蟋蟀,觉得很亲切。她问我斑鸠是什么,我只好模仿斑鸠的叫声,她连连点头。也许她听不懂我的普通话,也许她真的对斑鸠不大熟悉。

香港鸟很少,天空几乎见不到一只飞着的鸟,鸦鸣鹊噪都听不见。但是酒席上几乎都有焗禾花雀和焗乳鸽。香港有那么多餐馆,每天要消耗多少禾花雀和乳鸽呀?这些禾花雀和乳鸽是哪里来的呢?对于某些香港人来说,鸟是可吃的，不是看的，听的。

城市发达了，鸟就会减少。北京太庙的灰鹤和宣武门城楼的雨燕现在都没有了。但是我希望有关领导在从事城市建设时，能注意多留住一些鸟。

桥边散文

午门忆旧

北京解放前夕，一九四八年夏天到一九四九年春天，我曾到午门的历史博物馆工作过一段时间。

午门是紫禁城总体建筑的一个重要的组成部分。这是故宫的正门，是真正的"宫门"。进了天安门、端门，这只是宫廷的"前奏"，进了午门，才算是进了宫。有午门，没有午门，是不大一样的。没有午门，进天安门、端门，直接看到三大殿，就太敞了，好像一件衣裳没有领子。有午门当中一隔，后面是什么，都瞧不见，这才显得宫里神秘庄严，深不可测。

午门的建筑是很特别的。下面是一个凹形的城台。城台上正面是一座九间重檐庑殿顶的城楼，左右有重檐的方亭四座。城楼和这四座正方的亭子之间，有廊庑相连属，稳重而不笨拙，玲珑而不纤巧，极有气派，俗称为"五凤楼"。在旧戏里，五凤楼成了皇宫的代称。《草桥关》里姚期唱道:"到明天陪王伴驾在那五凤楼。"《珠帘寨》里程敬思唱道:"为千岁懒登五凤楼",指的就是这里。实际上姚期和程敬思都是不会登上五凤楼的。楼不但大臣上不去,就是皇帝也很少上去。

午门有什么用呢?旧戏和评书里常有一句话:"推出午门斩首!"哪能呢!这是编戏编书的人想象出来的。午门的用处大概有这么三项:一是逢什么大典时,皇上登上城楼接见外国使节。曾见过一幅紫铜的版刻,刻的就是这一盛典。外国使节、满汉官员,分班肃立,极为隆重。是哪一位皇上,庆的是何节日,已经记不清了。其次是献俘。打了胜仗(一般都是镇压了少数民族),要把俘虏(当然不是俘虏的全部,只是代表性的人物)押解到京城来。献俘本来应该在太庙。《清会典·礼部》:"解送俘囚至京师,钦天监择日献俘于太庙社稷。"但据熟悉掌故的同志说,在午门。到时候皇上还要坐到城楼亲自过过目。究竟在哪里,余生也晚,未能亲历,只好存疑。第三,大概是午门最有历史意义,也最有戏剧性的故实,是在这里举行廷杖。廷杖,顾名思义,是在朝廷上受杖。不过把一位大臣按在太和殿上打屁股,也实在不大像样子,所以都在午门外举行。廷杖是对廷臣的酷刑。据朱国桢《涌幢小品》,廷杖始于唐玄宗时。但是盛行似在明代。原来不过是"意思意思"。《涌幢小品》说:"成化以前,凡廷杖者不去衣,用厚棉底衣,毛毡迭帊,示辱而已。"穿了厚棉裤，又垫着几层毡子，打起来想必不会太疼。但就这样也够呛，挨打以后，要"卧床数日，而后得愈"。"正德初年，逆瑾（刘瑾）用事，恶廷臣，始去衣。"——那就说脱了裤子，露出屁股挨打了。"遂有杖死者。"掌刑的是"厂卫"。明朝宦官掌握的特务机关有东厂、西厂，后来又有中行厂。廷杖在午门外举行，抡杖的该是中行厂的锦衣卫。五凤楼下，血肉横飞，是何景象？

不知从什么时候起，五凤楼就很少有人上去。"马道"的门锁着。民国以后，在这里设立了历史博物馆。据历史博物馆的老工友说，建馆后，曾经修缮过一次，从城楼的天花板上扫出了一些烧鸡骨头、荔枝壳和桂圆壳。他们说，这是"飞贼"留下来的。北京的"飞贼"做了案，就到五凤楼天花板上藏着，谁也找不着——那倒是，谁能搜到这样的地方呢？老工友们说，"飞贼"用一根麻绳，一头系一个大铁钩，一甩麻绳，把铁钩搭在城垛子上，三把两把，就"就"上来了。这种情形，他们谁也不会见过，但是言之凿凿。这种燕子李三式的人物引起老工友们美丽的向往，因为他们都已经老了，而且有的已经半身不遂。

"历史博物馆"名目很大，但是没有多少藏品，东边的马道里有两尊"将军炮"，是很大的铜炮，炮管有两丈多长。一尊叫作"武威将军炮"，另一尊叫什么将军炮，忘了。据说张勋复辟时曾起用过两尊将军炮,有的老工友说他还听到过军令:"传武威将军炮!"传"××将军炮!"是谁传?张勋,还是张勋的对立面?说不清。马道拐角处有一架李大钊烈士就义的绞刑机。据说这架绞刑机是德国进口的,只用过一次。为什么要把这东西陈列在这里呢?我们在写说明卡片时,实在不知道如何下笔。

城楼(我们习惯叫作"正殿")里保留了皇上的宝座。两边铁架子上挂着十多件袁世凯祭孔用的礼服,黑缎的面料,白领子,式样古怪,道袍不像道袍。这一套服装为什么陈列在这里,也莫名其妙。

四个方亭子陈列的都是没有多大价值、也不值什么钱的文物:不知道来历的墓志、烧瘫在"匣"里的钧窑瓷碗、清代的"黄册"(为征派赋役编造的户口册),殿试的卷子、大臣的奏折……西北角一间亭子里陈列的东西却有点特别,是多种刑具。有两把杀人用的鬼头刀,都只有一尺多长。我这才知道,杀头不是用力把脑袋砍下来,而是用"巧劲"把脑袋"切"下来。最引人注意的是一套凌迟用的刀具,装在一个木匣里,有一二十把,大小不一。还有一把细长的锥子。据说受凌迟的人挨了很多刀,还不会死,最后要用这把锥子刺穿心脏,才会气绝。中国的剐刑搞得这样精细而科学,真是令人叹为观止。

整天和一些价值不大、不成系统的文物打交道,真正是"抱残守阙"。日子过得倒是蛮清闲的。白天检查检查仓库，更换更换说明卡片，翻翻资料，都是可做可不做的事情。下班后，到左掖门外筒子河边看看算卦的算卦，——河边有好几个卦摊；看人叉鱼，——叉鱼的沿河走，捏着鱼叉，歘地一叉下去，一条二尺来长的黑鱼就叉上来了。

到了晚上，天安门、端门、左右掖门都关死了，我就到屋里看书。我住的宿舍在右掖门旁边，据说原是锦衣卫——就是执行廷杖的特务值宿的房子。四外无声，异常安静。我有时走出房门，站在午门前的石头坪场上，仰看满天星斗，觉得全世界都是凉的，就我这里一点是热的。

北平一解放，我就告别了午门，参加四野南下工作团南下了。从此就再也没有到午门去看过，不知道午门现在是什么样子。

有一件事可以记一记。解放前一天，我们正准备迎接解放。来了一个人，说："你们赶紧收拾收拾，我们还要办事呢！"他是想在午门上登基。这人是个疯子。

玉渊潭的传说

玉渊潭公园范围很大。东接钓鱼台，西到三环路，北靠白堆子、马神庙，南通军事博物馆。这个公园的好处是自然，到现在为止，还不大像个公园，——将来可不敢说了。没有亭台楼阁、假山花圃。就是那么一片水，好些树。绕湖中有长堤，转一圈得一个多小时。湖中有堤，贯通南北，把玉渊潭分为西湖和东湖。西湖可游泳，东湖可划船。湖边有很多人钓鱼，湖里有人坐了汽车内胎扎成的筏子兜圈。堤上有人遛鸟。有两三处是鸟友们"会鸟"的地方。画眉、百灵，叫成一片。有人打拳、做鹤翔桩、跑步。更多的人是遛弯儿的。遛弯有几条路线，所见所闻不同。常遛的人都深有体会。有一位每天来遛的常客，以为从某处经某处，然后出玉渊潭，最有意思。他说："这个弯儿不错。"

每天遛弯儿，总可遇见几位老人。常见，面熟了，见到总要点点头："遛遛？"——"吃啦？"——"今儿天不错——没风！"……

几位老人都已经八十上下了。他们是玉渊潭的老住户，有的已经住了几辈子。他们原来都是种地的，退休了。身子骨都挺硬朗。早晨，他们都绕长堤遛弯儿。白天，放放奶羊、莳弄莳弄巴掌大的一块菜地、摘一点喂鸡的猪儿草。晚饭后大都聚在湖北岸水闸旁边聊天。尤其是夏天，常常聊到很晚。这地方凉快。

我听他们聊，不免问问玉渊潭过去的事。

他们说玉渊潭原本是一片荒地，没有什么人来。只有每年秋天，热闹几天。城里很多人到玉渊潭来吃烤肉，——北京人不是讲究"贴秋膘"吗？各处架起烤肉炙子，烧着柴火，烤肉的香味顺风飘得老远……

秋高气爽，到野地里吃烤肉，瞧瞧湖水，闻着野花野草的清香，确实是一件乐事。我倒愿意这种风气能够恢复。不过，很难了！

老人们说：这玉渊潭原本是私人的产业，是张××的（他们把这个姓张的名字叫得很真凿，我曾经记住，后来忘了）。那会玉渊潭就是当中有一条陆地，种稻子。土肥水好，每年收成不错，玉渊潭一带的人，种的都是张家的地。

他们说：不但玉渊潭，由打阜成门，一直到现在的三环路，都是张××的，他一个人的。

（这可能么？）

这张××是怎么发的家呢？他是做"供"的。早年间北京人订供，不是一次给钱，而是分期给，按时给，从正月给到腊月，年底下就能捧回去一盘供。这张××收了很多家的钱，全花了。到了年根，要面没面，要油没油，拿什么给人家呀！他着急呀，睡不着觉。迷迷糊糊地，着了。做了一个梦。梦里听见有人跟他说：张××，哪儿哪儿有你的油，你的面，你去拉吧！他醒来，到了那儿，有一所房，里面有油，有面。他就赶着车往外拉。怎么拉也拉不完。怎么拉，也拉不完。起那儿，他就发了大财了！

这个传说当然不可信，情节也比较一般化。不过也还有点意思。从这个传说让我了解了几件事。

第一，北京人家过年，家家都要有一盘供。南方人也许不知道什么是"供"。供，就是面擀成指头粗的条，在油里炸透，蘸了蜂蜜，堆成宝塔形，供在神案上的一种甜食。这大概本来是佛教的敬奉释迦牟尼的东西，而且本来可能是庙里制作的。《红楼梦》第一回写葫芦庙中炸供，和尚不小心，油锅火逸，造成火灾，可为旁证。不过《红楼梦》写炸供是在三月十五，而北京人家摆供则在大年初一，季节不同。到后来，就不只是敬给释迦牟尼了，天上地下，各教神仙都有份。似乎一切神佛都爱吃甜东西。其实爱吃这种甜食的是孩子。北京的孩子大概都曾乘大人看不见的时候，偷偷地掰过供尖吃。到了撤供的时候，一盘供就会矮了一截。现在过年的时候，没有人家摆供了，不过点心铺里还有"蜜供"卖，只是不复堆成宝塔形，而是一疙瘩一块的。很甜，有一点蜜香。

第二，我这才知道，北京人家订供，用的是这种"分期付款"的办法。分期付款，我原以为是外国传来的，殊不知中国，北京，古已有之。所不同的，现在的分期付款是先取了东西，再陆续付钱，订供则是先钱后货。小户人家，到年底一次拿出一笔钱来办供，有些费劲，这样零揪着按月交钱，就轻松多了；做供的呢，也可以攒了本钱，从容备料。买主卖主，两得其便。这办法不错！

第三，这几位老人对这传说毫不怀疑。他们是当真事儿说的。他们说张××实有其人，他们说他就住在三环路的南边。他们说北京人有一句话："你有钱！——你有钱能比得了张××吗！"这几位老人都相信：人要发财，这是天意，这是命。因此，他们都顺天而知命，与世无争，不作非分之想。他们勤劳了一辈子，恬淡寡欲，心平气和。因此，他们都长寿。

故乡水

这是三年前的事了。

我坐了长途汽车回我的久别的家乡去。真是久别了啊,我离乡已经四十年了。车上的人我都不认识。他们也都不认识我。他们都很年轻。他们用我所熟悉而又十分生疏了的乡音说着话。我听着乡音,不时看看窗外。窗外的景色依然有着鲜明的苏北的特点,但于我又都是陌生的。宽阔的运河、水闸、河堤上平整的公路、新盖的民房……

快到车逻了。过了车逻,再有十五里,就是我的家乡的县城了,我有点兴奋。

在车逻,我遇见一件不愉快的事。

车逻是终点前一站,下车、上车的不少,车得停一会。一个脏乎乎的人夹在上车的旅客中间挤上来了。他一上车,就伸开手向人要钱:

"修福修寿!修儿子!修孙子!"

"修福修寿！修儿子！修孙子！"

他用了我所熟悉的乡音向人乞讨。这是我十分熟悉的乡音。四十年前，我的家乡的乞丐就是用这样的言辞要钱的。真想不到，今天还有这样的乞丐，并且还用了这种的言辞乞讨。我讨厌这个人，讨厌他的声音和他乞讨时的神情。他并不悲苦，只是死皮赖脸，而且有点玩世不恭。这人差不多有六十岁了，但是身体并不衰惫。他长着一张油黑色的脸，下巴翘出，像一个瓢把子。他浑身冒出泔水的气味。他的裤裆特别肥大，并且拦裆补了很大的补丁。他有小肠气——这在我的家乡叫作"大卵泡"。

他把肮脏的右手伸向一个小青年：

"修福修寿！修儿子！修孙子！"

邻座另一个小青年说：

"人家还没有结婚！"

"——修个好老婆！"

几个青年同时哄笑起来。我不知道为什么这样一句话会使得他们这样的高兴。

车上有人给他一角钱、五分钱……

上车的客人都已坐定，车要开了，他赶快下车。不料司机一关车门，车子立刻开动，并且开得很快。

"哎！哎！我下车！我下车！"

司机扁着嘴笑着，不理他。

车开出三四里，司机才减了速，开了车门，让他下去。司机存心捉弄他，要他自己走一段路。

他下了车，用手对汽车比画着，张着嘴，大概是在咒骂。他回头向车逻方向走去，一拐一拐的，样子很难看，走得却并不慢。

车上几个小青年看着他的蹒跚的背影，又一起快活地哄笑起来。这个人留给我的印象是：丑恶；而且，无耻！

我这次回乡，除了探望亲友，给家乡的文学青年讲讲课，主要的目的是想了解了解家乡水利治理的情况。

我的家乡苦水旱之灾久矣。我的家乡的地势是四边高，当中洼，如一个水盂。城西面的运河河底高于城中的街道，站在运河堤上可以俯瞰堤下人家的屋顶。运河经常决口。五年一小决，十年一大决。民国二十年的大水灾我是亲历的。死了几万人。离我家不远的泰山庙就捞起了一万具尸体。旱起来又旱得要命。离我家不远有一条澄子河，河里能通小轮船，可到一沟、二沟、三垛，直达邻县兴化。我在《大淖记事》时写到的就是这条河。有一年大旱，澄子河里拉了洋车！我的童年的记忆里，抹不掉水灾、旱灾的怕人景象。在外多年，见到家乡人，首先问起的也是这方面的情况。有一个在江苏省水利厅工作的我的初中同学有一次到北京开会，来看我。他告诉我我们家乡的水治好了。因为修了江都水利枢纽，筑了洪泽湖大坝，运河的水完全由人力控制了起来，随时可以调节。水大了，可以及时排出；水不足，可以把长江水调进来——家乡人现在可以吃到江水，水灾、旱灾一去不复返了！县境内河也都重新规划调整了；还修了好多渠道，已经全面实现自流灌溉。我听了，很为惊喜。因此，县里发函邀请我回去看看，我立即欣然同意。

运河的改变我在路上已经看到了，我住的招待所离运河不远，几分钟就走上河堤了。我每天起来，沿着河堤从南门走到北门，再折回来。运河拓宽了很多。我们小时候从运河东堤坐船到西堤去玩，两篙子就到了。现在坐轮渡，得一会子。河面宽处像一条江了。原来的土堤全部改为石工。堤面也很宽。堤边密密地种了两层树。在堤上走走，真是令人身心舒畅。

我翻阅了一些资料，访问了几位前后主持水利工作的同志，还参观了两个公社。

农村的变化比城里要大得多。这两个公社的村子我小时候都去过，现在简直一点都认不出了。田都改成了"方田"，到处渠网纵横，照当地的说法是"田成方，渠成网"。渠道都是正南正北，左东右西。渠里悠悠地流着清水，渠旁种了高大的芦竹或是杞柳，杞柳我们那里原来都叫作"笆斗柳"，是编笆斗的，大都是野生的。现在广泛种植了。我和陪同参观的同志在渠边走着，他们告诉我这条渠"一步一块钱"，是说每隔一步，渠边每年可收价值一块钱的柳条。柳条编制的柳器是出口的。我走了几个大队，没有发现一挂过去农村随处可见的龙骨水车，问：

"现在还能找到一挂水车吗?"

"没有了!这东西已经成了古董。现在是,要水一扳闸,看水穿花鞋。——穿了花鞋浇水,也不会沾一点泥。"

"应当保留一挂,放在博物馆里,让后代人看看。"

"这家伙太大了!——可以搞一个模型。"

我问起县里的自流灌溉是怎么搞起来的。

陪同的同志告诉我,要了解这个,最好找一个人谈谈。全县自流灌溉首先搞起来的,是车逻。车逻的自流灌溉是这个人搞起来的。这人姓杨。他现在调到地区工作了,不过家还没有搬,他有时回县里看看。我于是请人代约,想和他见见。

不料过了两天,一大早,这位老杨就到招待所来找我了。

下面就是老杨同志和我谈话的纪要:

"我是新四军小鬼出身,没搞过水利。

"那时我还年轻,在车逻当区长。

"车逻的粮食亩产一向在全县是最高的,——当然不能和现在比。现在这个县早过了'千斤县',一般的亩产都在一千五百斤以上,有不少地方过了'吨粮'——亩产二千斤。那会,最好的田,亩产五百斤,一般的一二百斤。车逻那时的亩产就可达五百斤。但是农民并不富裕,还是很穷。为什么?因为农本高。高在哪里?车水。车逻的田都是高田。那时候，别处的田淹了，车逻是好年成。平常，每年都要车水。车逻的水车特别长！别处的，二十四轧，算是大水车了。车逻的：三十二轧，三十四轧，三十六轧！有的田得用两挂三十六轧大车接起来，才能把水车上来！车水是最重的农活。到了车栽秧水的日子，各处的人都来。本地的，兴化、泰州，甚至盐城的，都来。工钱大，吃食也好。一天吃六顿，顿顿有酒有肉。农本高，高就高在这上头。一到车水是'外头不住地敲'——车水都要敲锣鼓；'家里不住地烧'——烧吃的；'心里不住地焦'——不知道今天能不能把田里的水上满，一到太阳落山，田里有一角上不到水，这家子哭咧，——这一年都没指望了。"

我有点不明白，为什么栽秧水必须一天之内车好，第二天接着车不行吗？但是我没有来得及问。

"'外头不住地敲，家里不住地烧，心里不住地焦'，真是一点都不错呀！

"大工钱不是好拿的，好茶饭不是好吃的。到车水的日子，你到车逻来看看，那真叫'紧张热烈'。到处是水车，一挂一挂的长龙。锣鼓敲得震天响。看，是很好看的：车水的都脱光了衣服，除了一个裤头子，浑身一丝不挂，腿上都绑了大红布裹腿。黑亮的皮肉，大红裹腿，对比强烈，真有点'原始'的味道。都是年青的小伙，——上岁数的干不了这个活，身体都很棒，一个赛似一个！赛着踩。几挂大车约好，看哪一班子最后下车杠。坚持不住，早下的，认输。敲着锣鼓，唱着号子。车水有车水的号子，一套一套的：'四季花''古人名'……看看这些小伙，好像很快活，其实是在拼命。有的当场就吐了血。吐了血，抬了就走，二话不说，绝不找主家的麻烦。这是规矩。还有的，踩着踩着，不好了：把个大卵子忑下来了！"

我的家乡把忽然漏下来叫te，有音无字，恐怕连《康熙字典》里都查不到，我只好借用了这个"忑"字，在音义上还比较相近。我找不到别的字来代替它，用别的字都不能表达那种感觉。

我问他，我在车逻车站遇见的那个伸手要钱的人，是不是就是这样得下的病。

"就是的！这人原来是车水的一把好手。他丧失了劳动力，什么也干不了，最后混成了这个样子！——我下决心搞自流灌溉和这病有直接关系。

"那年征兵我跟着医生一同检查应征新兵的体格，——那时的区长什么事都要管。检查结果，百分之八十不合格！——都有轻重不等的小肠气。我这个区的青年有这样多的得小肠气的，我这个区长睡不着觉了！

"我想：车逻紧挨着运河，为什么不能用上运河水，眼瞧着让运河好水白白地流掉？车逻田是高田，但是田面比运河水面低，为什么不能把运河水引过来，浇到田里？

为什么要从下面的河里费那样大的劲把水车上来？把运河堤挖通，安上水泥管子，不就行了吗？

"要什么没有什么。没有经费。——我这项工程计划没有报请上级批准，我不想报。报了也不会批。我这是自作主张，私下里干的。没有经费怎么办？我开了个牛市。"

"牛市？"

"买卖耕牛。区长做买卖，谁也没听说过。没听说过吧。我这牛市很赚钱，把牛贩子都顶了！

"有了钱，我就干起来了！我选了一个地方，筑了一圈护堤。——这一点我还知道。不筑护堤，在运河堤上挖开口子，那还得了！让河水从护堤外面走。我给运河东堤开了膛，安下管子，下了闸门，再把河堤填合，我以为这就万事大吉了。一开闸，水流过来了！水是引过来了，可是乱流一气！咳！我连要修渠都不知道！现在人家把我叫成'水利专家'。真是天晓得！我最初是什么也不懂的。

"怎么办？我就买了书来看。只要是跟水利有关的，我都看。我那阵看的书真不少！我又请教了好几位老河工。决定修渠！

"一修渠，问题就来了。为了省工、省料，用水方便，渠道要走直线，不能曲曲弯弯的。这就要占用一些私田。——那阵还没有合作化，田还是各家各户的。渠道定了，立了标杆，画了灰线，就从这里开，管他是谁家的田！农民对我那个骂呀！我前脚走，后脚就有人跳着脚骂我的祖宗八代。骂吧，我只当没听见。我随身都带着枪，——那阵区长都有枪，他们也不敢把我怎么样。

"有一家姓罗的，五口人。渠正好从他家的田中间穿过。罗老头子有一天带了一根麻绳来找我，——他要跟我捆在一起跳河。他这是找我拼命来了。这里有这么一种风俗，冤仇难解，就可以找仇人捆在一起跳河，——同归于尽。他跟我来这一套！我才不理他。我夺过他手里的麻绳，叫民兵把他捆起来，关在区政府厢屋里。直到渠修成了，才放了他。

"修渠要木料，要板子。——这一点，你这个作家大概不懂。不管它，这纯粹是技术问题。我上哪里找木料去？我想了想：有了！挖坟！我把挖出来的棺材板，能用的，都集中起来，就够用了。我可缺了大德了，挖人家的祖坟，这是最缺德的事。我这是没有办法中的办法。为了子孙，得罪祖宗，只好请多多包涵了！经我手挖的坟真不少！

"这就更不得了了！我可捅了个大马蜂窝，犯了众怒。当地人联名控告了我，说我'挖掘私坟'。县里、地区、省里，都递了状子。地委和县委组织了调查组，认为所告属实，我这是严重违法乱纪。地委发了通报。撤了我的职。党内留党察看，——我差一点把党籍搞丢了。

"'违法乱纪'，我确实是违法乱纪了。我承认。对

总之，一个人的口味要宽一点、杂一点，"南甜北咸东辣西酸"，都去尝尝。对食物如此，对文化也应该这样。

万物可爱

于给我的处分我没有意见。

"不过,车逻的自流灌溉搞成了。

"就说这些吧。本来想请你上我家喝一盅酒,算了吧,——人言可畏。我今天下午走,回来见!"

对于这个人的功过我不能估量,对他的强迫命令的作风和挖掘私坟的做法也无法论其是非。不过我想,他的所为,要是在过去,会有人为之立碑以记其事的。现在不兴立碑,——"树碑立传"已经成为与本义相反用语了。不过我相信,在修县志时,在"水利"项中,他做的事会记下一笔的。县里正计划修纂新的县志。

这位老杨中等身材,面白皙,说话举止温文尔雅,像一个书生,完全不像一个办起事来那样大刀阔斧、雷厉风行的人。

我忽然好像闻到一股修车轴用的新砍的桑木的气味和涂水车龙骨用的生桐油气味。这是过去初春的时候在农村处处可以闻到的气味。

再见,水车!

岳阳楼记

岳阳楼值得一看。

长江三胜，滕王阁、黄鹤楼都没有了，就剩下这座岳阳楼了。

岳阳楼最初是唐开元中中书令张说所建，但在一般中国人印象里，它是滕子京建的。滕子京之所以出名，是由于范仲淹的《岳阳楼记》。中国过去的读书人很少没有读过《岳阳楼记》的。《岳阳楼记》一开头就写道："庆历四年春，滕子京谪守巴陵郡。越明年，政通人和，百废俱兴……"虽然范记写得很清楚，滕子京不过是"重修岳阳楼，增其旧制"，然而大家不甚注意，总以为这是滕子京建的。岳阳楼和滕子京这个名字分不开了。滕子京一生做过什么事，大家不去理会，只知道他修建了岳阳楼，好像他这辈子就做了这一件事。滕子京因为岳阳楼而不朽，而岳阳楼又因为范仲淹的一记而不朽。若无范仲淹的《岳阳楼记》，不会有那么多人知道岳阳楼，有那么多人对它向往。《岳阳楼记》通篇写得很好，而尤其为人传诵者，是"先天下之忧而忧，后天下之乐而乐"这两句名言。可以这样说：岳阳楼是由于这两句名言而名闻天下的。这大概是滕子京始料所不及，亦为范仲淹始料所不及。这位"胸中自有数万甲兵"的范老夫子的事迹大家也多不甚了了，他流传后世的，除了几首词，最突出的，便是一篇《岳阳楼记》和《记》里的这两句话。这两句话哺育了很多后代人，对中国知识分子的品德的形成，产生了极其深远的影响。匹夫而为百世师，一言而为天下法，呜呼，立言的价值之重且大矣，可不慎哉！

写这篇《记》的时候，范仲淹不在岳阳，他被贬在邓州，即今延安，而且听说他根本就没有到过岳阳，《记》中对岳阳楼四周景色的描写，完全出诸想象。这真是不可思议的事。他没有到过岳阳，可是比许多久住岳阳的人看到的还要真切。岳阳的景色是想象的，但是"先天下之忧而忧，后天下之乐而乐"的思想却是久经考虑，出于胸臆的，真实的、深刻的。看来一篇文章最重要的是思想。有了独特的思想，才能调动想象，才能把在别处所得到的印象概括集中起来。范仲淹虽可能没有看到过洞庭湖，但是他看到过很多巨浸大泽。他是吴县人，太湖是一定看过的。我很怀疑他对洞庭湖的描写，有些是从太湖印象中借用过来的。

现在的岳阳楼早已不是滕子京重修的了。这座楼烧掉了几次。据《巴陵县志》载：岳阳楼在明崇祯十二年毁于火，推官陶宗孔重建。清顺治十四年又毁于火，康熙二十二年由知府李遇时、知县赵士珩捐资重建。康熙二十七年又毁于火，直到乾隆五年由总督班第集资修复。因此范记所云"刻唐贤、今人诗赋于其上"，已不可见。现在楼上刻在檀木屏上的《岳阳楼记》系张照所书，楼里的大部分楹联是到处写字的"道州何绍基"写的，张、何皆乾隆间人。但是人们还相信这是滕子京修的那座楼，因为范仲淹的《岳阳楼记》实在太深入人心了。也很可能，后来两次修复，都还保存了滕楼的旧样。九百多年前的规模格局，至今犹能得其仿佛，斯可贵矣。

我在别处没有看见过一个像岳阳楼这样的建筑。全楼为四柱、三层、盔顶的纯木结构。主楼三层，高十五米，中间以四根楠木巨柱从地到顶承荷全楼大部分重力，再用十二根宝柱作为内围，外围绕以十二根檐柱，彼此牵制，结为整体。全楼纯用木料构成，逗缝对榫，没用一钉一铆，一块砖石。楼的结构精巧，但是看起来端庄浑厚，落落大方，没有搔首弄姿的小家气，在烟波浩淼的洞庭湖上很压得住，很有气魄。

岳阳楼本身很美，尤其美的是它所占的地势。"滕王高阁临江渚"，看来和长江是有一段距离的。黄鹤楼在蛇山上，晴川历历，芳草萋萋，宜俯瞰，宜远眺，楼在江之上，江之外，江自江，楼自楼。岳阳楼则好像直接从洞庭湖里长出来的。楼在岳阳西门之上，城门口即是洞庭湖。伏在楼外女墙上，好像洞庭湖就在脚底，丢一个石子，就能听见水响。楼与湖是一整体。没有洞庭湖，岳阳楼不成其为岳阳楼；没有岳阳楼，洞庭湖也就不成其为洞庭湖了。站在岳阳楼上，可以清清楚楚看到湖中帆船来往，渔歌互答，可以扬声与舟中人说话；同时又可远看浩浩汤汤，横无际涯，北通巫峡，南极潇湘的湖水，远近咸宜，皆可悦目。"气蒸云梦泽，波撼岳阳城"，并非虚语。

我们登岳阳楼那天下雨，游人不多。有三四级风，洞庭湖里的浪不大，没有起白花。本地人说不起白花的是"波"，起白花的是"涌"。"波"和"涌"有这样的区别，我还是第一次听到。这可以增加对于"洞庭波涌连天雪"的一点新的理解。

夜读《岳阳楼诗词选》。读多了，有千篇一律之感。最有气魄的还是孟浩然的那一联，和杜甫的"吴楚东南坼，乾坤日夜浮"。刘禹锡的"遥望洞庭山水翠，白银盘里一青螺"，化大境界为小景，另辟蹊径。许棠因为《洞庭》一诗，当时号称"许洞庭"，但"四顾疑无地，中流忽有山"，只是工巧而已。滕子京的《临江仙》把"气蒸云梦泽，波撼岳阳城"，"曲终人不见，江上数峰青"整句地搬了进来，未免过于省事！吕洞宾的绝句："朝游岳鄂暮苍梧，袖里青蛇胆气粗。三醉岳阳人不识，朗吟飞过洞庭湖",很有点仙气,但我怀疑这是伪造的(清人陈玉垣《岳阳楼》诗有句云:"堪惜忠魂无处奠,却教羽客踞华楹。"他主张岳阳楼上当奉屈左徒为宗主,把楼上的吕洞宾的塑像请出去,我准备投他一票)。写得最美的,还是屈大夫的"袅袅兮秋风,洞庭波兮木叶下。"两句话,把洞庭湖就写完了!

菏泽游记

菏泽牡丹

菏泽的出名，一是因为历史上出过一个黄巢（今菏泽城西有冤句故城，为黄巢故里，京剧《珠帘寨》说他"家住曹州并曹县"，曹州是对的，曹县不确）。一是因为出牡丹花。菏泽牡丹种植面积大，最多时曾达五千亩，一九七六年调查还有三千多亩，单是城东"曹州牡丹园"就占地一千亩；品种多，约有四百种。

牡丹花期短，至谷雨而花事始盛，越七八日，即阑珊欲尽，只剩一大片绿叶了。谚云："谷雨三日看牡丹。"今年的谷雨是阳历四月二十。我们二十二日到菏泽，第二天清晨去看牡丹，正是好时候。

初日照临，杨柳春风，一千亩盛开的牡丹，这真是一场花的盛宴，蜜的海洋，一次官能上的过度的饱饫。漫步园中，恍恍惚惚，有如梦回酒醒。

牡丹的特点是花大、型多、颜色丰富。我们在李集参观了一丛浅白色的牡丹,花头之大,花瓣之多,令人骇异。大队的支部书记指着一朵花说:"昨天量了量,直径六十五公分。"古人云牡丹"花大盈尺",不为过分。他叫我们用手掂掂这朵花。掂了掂,够一斤重!苏东坡诗云"头重欲人扶",得其神理。牡丹花分三大类:单瓣类、重瓣类、千瓣类;六型:葵花型、荷花型、玫瑰花型、平头型、皇冠型、绣球型;八大色:黄、红、蓝、白、黑、绿、紫、粉。通称"三类、六型、八大色"。姚黄、魏紫,这里都有。紫花甚多,却不甚贵重。古人特重姚黄,菏泽的姚黄色浅而花小,并不突出,据说是退化了。园中最出色的是绿牡丹、黑牡丹。绿牡丹品名豆绿,盛开时恰如新剥的蚕豆。挪威的别伦·别尔生说花里只有菊花有绿色的,他大概没有看到过中国的绿牡丹。黑牡丹正如墨菊一样,当然不是纯黑色的,而是紫红得发黑。菏泽用"黑花魁"与"烟笼紫玉盘"杂交而得的"冠世墨玉",近花萼处真如墨染。堪称菏泽牡丹的"代表作"的,大概还要算清代赵花园园主赵玉田培育出来的"赵粉"。粉色的牡丹不难见,但"赵粉"极娇嫩,为粉花上品。传至洛阳,称"童子面",传至西安,称"娃儿面",以婴儿笑靥状之,差能得其仿佛。

菏泽种牡丹,始于何时,难于查考。至明嘉靖年间,栽培已盛。《曹南牡丹谱》载:"至明曹南牡丹甲于海内。"牡丹,在菏泽,是一种经济作物。《菏泽县志》

载："牡丹，芍药多至百余种，土人植之，动辄数十百亩，利厚于五谷。"每年秋后，"土人捆载之，南浮闽粤，北走京师，至则厚值以归"。现在全国各地名园所种牡丹，大部分都是由菏泽运去的。清代即有"菏泽牡丹甲天下"之说。凡称某处某物甲天下者，每为天下人所不服。而称"菏泽牡丹甲天下"，则天下人皆无异议。

牡丹的根，经过加工，为"丹皮"，为重要的药材，这是大家都知道的。菏泽丹皮，称为"曹丹"，行市很俏。

菏泽盛产牡丹，大概跟气候水土有些关系。牡丹耐干旱，不能浇"明水"，而菏泽春天少雨。牡丹喜轻碱性沙土，菏泽的土正是这种土。菏泽水咸涩，绿茶泡了一会就成了铁观音那样的褐红色，这样的水却偏宜浇溉牡丹。

牡丹是长寿的。菏泽赵楼村南曾有两棵树龄二百多年的脂红牡丹，主干粗如碗口，儿童常爬上去玩耍，被称为"牡丹王"。袁世凯称帝后，曹州镇守使陆朗斋把牡丹王强行买去，栽在河南彰德府袁世凯的公馆里，不久枯死。今年在菏泽开牡丹学术讨论会，安徽的代表说在山里发现一棵牡丹，已经三百多年，每年开花二百余朵，犹无衰老态。但是牡丹的栽培却是很不易的。牡丹的繁殖，或分根，或播种，皆可。一棵牡丹，每五年才能分根，结籽常需七年。一个杂交的新品种的栽培需要十五年，成种率为千分之四。看花才十日，栽花十五年，亦云劳矣。

参观了牡丹园，李集大队的支部书记早就摆好了纸墨笔砚，请写几个字留念，写了四句：

造化师人意，春秋在畚锸。
曹州天下奇，红粉黄金甲。

告别的时候，支书叫我们等一等，说是要送我们一些花，一个小伙子抱来了一抱。带到招待所，养在茶缸里，每间屋里都有几缸花。菏泽的同志说，未开的骨朵可以带到北京，我们便带在吉普车上。不想到了梁山，住了一夜，全都开了，于是一齐捧着送给了梁山招待所的女服务员。正是：菏泽牡丹携不去，且留春色在梁山。

上梁山

早发菏泽，经巨野，至郓城小憩。郓城是一个新建的现代城市，老城已经看不出痕迹。城中旧有乌龙院遗址，询之一老人，说是在天主堂的旁边。他说："您这是问俺咧，问那些小青年，他们都知不道。"按乌龙院当是后人附会，不应信。《水浒传》说宋江讨了阎婆惜，"就在县西巷内讨了一所楼房，置办些家火什物，安顿了阎婆惜娘儿两个在那里居住"（《坐楼杀惜》有几分根据），并没有说盖了什么乌龙院。宋江把安顿阎婆惜的"小公馆"命名为乌龙院也颇怪，这和风花雪月实在毫不相干。近午，抵梁山县。县是一九四九年建置的，因境内有梁山而得名。

传说中的梁山，很有可能就在这里（听说有人有不同意见）。元高文秀《黑旋风双献功》杂剧云："寨名水浒，泊号梁山。……南通巨野、金乡，北靠青、齐、兖、郓。"按其地望，实颇相似。《双献功》是杂剧，不是信史，但高文秀距南宋不远，不会无缘无故地制造出一个谣言。现在还有一条宽约四尺，相当平整的路，从山脚直通山顶，称为"宋江马道"，说是宋江当初就是从这条路骑马上山的。这条路是人修的，想来是有人在山上安寨驻扎过。否则，这里既非交通要道，山上又无什么特殊的物产，当地的乡民是不会修出这样一条"马道"来的。主峰虎头山的山腰有两道石头垒成的寨墙，一为外寨，一为内寨，这显然就是为了防御用的。墙已坍塌，只剩下正面的一截了，还有三四尺高。石块皆如斗大。余嘉锡《宋江三十六人考实》引元袁桷过梁山泊诗："飘飘愧陈人，历历见遗址。流移散空洲，崛强寻故垒。""故垒"或当即指的是这两道寨墙。想来当初是颇为结实而雄伟的，如袁桷所云，是"崛强"的。山顶有一块平地或云有十五亩，即忠义堂所在。堂址前的一块石头上有旗杆窝，说是插杏黄旗的，小且浅，似不可信。

梁山不甚高大，山势也不险恶。以我这样的年龄（六十三岁），这样的身体（心脏欠佳），可以一口气走上山顶而不觉得怎么样。这样一座山，能做出那样大的一番事业么？清代的王培荀就说过："自今视之，山不高大，山外一望平陆。"他怀疑小说"铺张太过"（《乡园忆旧》）。曹玉珂过梁山，也发生过类似疑问，"于是进父老而问之"，对曰"险不在山而在水也"。原来如此！

梁山周围原来是一片大水，即梁山泊，累经变迁。《辞海》"梁山泊"条言之甚详："'泊'一作'泺'。在今山东梁山、郓城等县间。南部梁山以南，本系大野泽的一部分，五代时泽面北移，环梁山皆成巨浸，始称梁山泊。从五代到北宋，多次被溃决的黄河河水灌入，面积逐渐扩大，熙宁以后，周围达八百里。入金后河徙水退，渐涸为平地。元末一度为黄河决入，又成大泊，不久又涸。"历来关于梁山泊的记载，迷离扑朔，或说八百里，或说三百里，或说有水，或说没有水，《辞海》算是把它的来龙去脉理出一个头绪来了。

梁山东面的东平湖现在的面积还有三十一万亩，比微山湖略小，据说原来东平湖和梁山泊是连着的，那可是一片非常壮观的大水！前年黄河分洪，河水还曾从东平湖漫过来，直抵梁山脚下。水退了，山下仍是"一望平陆"，整整齐齐，一方块一方块麦子地。梁山遂成了一座干山，只有梁山，并无水泊了。

梁山县准备把梁山修复起来，已经成立了修复梁山规划领导小组。栽了很多树，还在本山修了断金亭。断金亭结构疏朗，斗拱甚大，像个宋代建筑。以后还将陆续修建，想要把黄河水引过来，恢复梁山旧观。不过这大概需要好多年。所谓"修复"也只能得其仿佛。《水浒传》是小说，大部分是虚构，谁知道水泊梁山到底是个什么样子呢。

在梁山住两日，餐餐食有鱼。鱼皆鲜活，是从东平湖里捞上来的。梁山人很会做鱼，糖醋、酥煮、清蒸，皆极精妙，达到理想的程度。这大概还是梁山泊时期留下来的传统。本地尤重鲤鱼，"无鱼不成席"，虽鸡鸭满桌，若无一尾活鲤鱼，即非待客的敬意。东平湖水与黄河通，所以这里的鲤鱼也算黄河鲤。本地人云：辨黄河鲤鱼之法：剖开鱼肚，鱼肉雪白，即是黄河鲤；别处的鲤鱼，里面都有一层黑膜。鲤鱼要大小适中。以二斤半到三斤的为最贵，过小过大，都不值钱。办喜事，尤其要用这般大小的鱼。本地人说："等着吃你的鱼咧！"意思即是等着吃你的喜酒。鱼必二斤半至三斤，多少钱都要，这样的鱼遂无定价，往往一桌席，一半便是这条鱼钱。我们吃的，正是这样大的鲤鱼。吃着鲤鱼不禁想起《水浒传》。吴学究往碣石村说三阮撞筹，借口便是"如今在一个大财主家做门馆教学，今来要对付十数尾金色鲤鱼"。特重鲤鱼，由来久矣。不过吴用要的却是十四五斤的。十四五斤的鲤鱼，不好吃了。这是因为写《水浒传》的施耐庵对吃黄河鲤不大内行，还是古今风俗有异了呢？

《水浒传》第三十八回，宋江在琵琶亭上，忽然心里想要鱼辣汤吃，"便是不才酒后，只爱口鲜鱼汤吃"。宋江是郓城人，离梁山泊不远，他是从小吃惯了鲜鱼的，难怪说腌了的鱼不中吃。

修复梁山规划小组的同志嘱写几个字，为书俚句：

远闻巨野泽，来上宋江山。
马道横今古，寨墙积暮烟。
旧址颇茫渺，遗规尚俨然。
何当舰杏帜，舟渡蓼花滩？

宿梁山之第二日，大雨，破晓时雨始渐住。这场雨对小麦十分有利。一老人说："我活了七十年，没见过这时候下这样的雨的！"这真是及时雨。山东今年是个好年景。

露筋晓月

"秦邮八景"中我最不感兴趣的是"露筋晓月"。我认为这是对我的故乡的侮辱。

有姑嫂二人赶路，天黑了，只得在草丛中过夜。这一带蚊子极多，叮人很疼。小姑子实在受不了。附近有座小庙，小姑子到庙里投宿。嫂子坚决不去，遂被蚊虫咬死，身上的肉都被吃净，露出筋来。时人悯其贞节，为她立了祠，祠曰露筋祠。这地方从此也叫作露筋。

这是哪个全无心肝的卫道之士编造出来的一个残酷惨厉的故事！这比"饿死事小，失节事大"还要灭绝人性。

这故事起源颇早，米芾就写过《露筋祠碑》。

然而早就有人怀疑过。欧阳修就说这不合情理：蚊子怎么多，也总能拍打拍打，何至被咬死？再说蚊子只是吸人的血，怎么会把肉也吃掉了露出筋来呢？

我坐小轮船从高邮往扬州，中途轮机发生故障，只能在露筋抛锚修理。

高邮湖上的蓝天渐渐变成橙黄，又渐渐变成深紫，暝色四合，令人感动。我回到舱里，吃了两个夹了五香牛肉的烧饼，喝了一杯茶，把行李里带来的珠罗纱蚊帐挂好，躺了下来。不大会，就睡着了。

听到一阵嘤嘤的声音，睁眼一看：一个蚊子，有小麻雀大，正把它的长嘴从珠罗纱的窟窿里伸进来，快要叮到我的赤裸的胳臂，不过它太大了，身子进不来。我一把攥住它的长嘴，抽了一根棉线，把它的长嘴拴住，棉线的一头压在枕头下。蚊子进不来又飞不走，就在帐外拍扇翅膀。这就好像两把扇子往里吹风。我想：这不赖，我可以凉凉快快地睡一夜。

一个声音，很细，但是很尖：

"哥们！"

这是蚊子说话哪，——"哥们"？

"哥们，你为什么把我拴住？"

"你是世界上最可恨的东西！你们为什么要生出来？"

"我们是上帝创造的。"

"你们为什么要吸人的血？"

"这是上帝的意旨。"

"为什么咬得人又疼又痒？"

"不这样人怎么能记住他们生下来就是有罪的？"

古人说诗的作用：可以观，可以群，可以怨，还可以多识于草木虫鱼之名。草木虫鱼，多是与人的生活密切相关。对于草木虫鱼有兴趣，说明对人也有广泛的兴趣。

万 物 可 爱

"咬就咬吧,为什么要嗡嗡叫?"

"不叫,怎么能证明我们的存在?"

"你们真该统统消灭!"

"你消灭不了!"

"我现在就要把你消灭了!"

我伸开两手,隔着蚊帐使劲一拍。不料一欠身,线头从枕头下面脱出,蚊子带着一截棉线飞走了。最可气的是它还回头跟我打了个招呼:"拜拜!你消灭不了我们,我们是国家一级保护动物!"

一声汽笛,我醒了。

晓月朦胧,露华滋润,荷香细细,流水潺潺。

轮机已经修好了。又一声长长的汽笛,小轮船继续完成未尽的航程。

我靠着船栏杆,想起王士禛的《露筋祠》诗:"……门外野风开白莲。"

文游台

文游台是我们县首屈一指的名胜古迹。台在泰山庙后。

泰山庙前有河，曰澄河。河上有一道拱桥，桥很高，桥洞很大。走到桥上，上面是天，下面是水，觉得体重变得轻了，有凌空之感。拱桥之美，正在使人有凌空感。我们每年清明节后到东乡上坟都要从桥上过（乡俗，清明节前上新坟，节后上老坟）。这正是杂花生树，良苗怀新的时候，放眼望去，一切都使人心情极为舒畅。

澄河产瓜鱼，长四五寸，通体雪白，莹润如羊脂玉，无鳞，无刺，背部有细骨一条，烹制后骨亦酥软可吃。极鲜美。这种鱼别处其实也有，有的地方叫水仙鱼，北京偶亦有卖，叫面条鱼，但我的家乡人认定这种鱼只有我的家乡有，而且只有文游台前面澄河里有！家乡人爱家乡，只好由着他说。不过别处的这种鱼不似澄河产的味美，倒是真的，因为都经过冷藏转运，不新鲜了。为什么叫"瓜鱼"呢？据说是因黄瓜开花时鱼始出，到黄瓜落架时就再捕不到了，故又名"黄瓜鱼"。是不是这么回事，谁知道。

泰山庙亦名东岳庙，差不多每个县里都有的，其普遍的程度不下于城隍庙。所祀之神称为东岳大帝。泰山庙的香火是很盛的，因为好多人都以为东岳大帝是管人的生死的。每逢香期，初一、十五，特别是东岳大帝的生日（中国的神佛都有一个生日，不知道是从什么档案里查出来的），来烧香的善男信女（主要是信女）络绎不绝。一进庙门就闻到一股触鼻的香气。从门楼到甬道，两旁排列的都是乞丐，大都伪装成瞎子、哑巴、烂腿的残废（烂腿是用蜡烛油画的），来烧香的总是要准备一两吊铜钱施舍给他们的。

正面是大殿，神龛里坐着大帝，油白脸，疏眉细目，五绺长须，颇慈祥的样子。穿了一件簇新的大红蟒袍，手捧一把折扇。东岳大帝何许人也？据说是《封神榜》上的黄飞虎！

正殿两旁，是"七十二司"，即阴间的种种酷刑，上刀山、下油锅、锯人、磨人……这是对活人施加的精神威慑：你生前做坏事，死后就是这样！

我到泰山庙是去看戏。

正殿的对面有一座戏台。戏台很高，下面可以走人。

这倒也好，看戏的不会往前头挤，因为太靠近，看不到台上的戏。

戏台与正殿之间是观众席。没有什么"席"，只是一片空场，看戏的大都是站着。也有自己从家里扛了长凳来坐着看的。

没有什么名角，也没有什么好戏。戏班子是"草台班子"，因为只在里下河一带转，亦称"下河班子"。唱的是京戏，但有些戏是徽调。不知道为什么，哪个班子都有一出《杨松下书》。这出戏剧情很平淡，我小时最不爱看这出戏。到了生意不好，没有什么观众的时候（这种戏班子，观众入场也还要收一点钱），就演《三本铁公鸡》，再不就演《九更天》《杀子报》。演《杀子报》是要加钱的，因为下河班子的闻太师勾的是金脸。下河班子演戏是很随便的，没有准纲准词。只有一年，来了一个叫周素娟的女演员，是个正工青衣，在南方的科班时坐科学过戏，唱戏很规矩，能唱《武家坡》《汾河湾》这类的戏，甚至能唱《祭江》《祭塔》……我的家乡真懂京戏的人不多，但是在周素娟唱大段慢板的时候，台下也能鸦雀无声，听得很入神。周素娟混得到里下河来搭班，是"卖了胰子"落魄了。有一个班子有一个大花脸，嗓子很冲，姓颜，大家就叫他颜大花脸。有一回，我听他在戏台旁边的廊子上对着烧开水的"水锅"大声嚷嚷："打洗脸水！"我从他的声音里听出了一腔悲愤，满腹牢骚。我一直对颜大花脸的喊叫不能忘。江湖艺人，吃这碗开口饭，是充满辛酸的。

泰山庙正殿的后面，即属于文游台范围，沿砖路北行，路东有秦少游读书台。更北，地势渐高即文游台。台基是一个大土墩。墩之一侧为四贤祠。四贤名字，说法不一。这本是一个"淫祠"，是一位蒲圻"先生"把它改造了的。蒲圻先生姓胡，字尧元。明代张绖《谒文游台四贤祠》诗云："迩来风流文澌烬，文游名在无遗踪。虽有高台可游眺，异端丹碧徒穹窿。嘉禾不植稂莠盛，邦人奔走如狂朦。蒲圻先生独好古，一扫陋俗隆高风。长绳倒拽淫像出，易以四子衣冠容。"这位蒲圻先生实在是多事，把"淫像"留下来让我们看看也好。我小时到文游台，不但看不到"淫像"，连"四子衣冠容"也没有，只有四个蓝地金字的牌位。墩之正面为盍簪堂。"盍簪"之名，比较生僻。出处在《易经》。《易·豫》："勿疑，朋盍簪。"王弼注："盍，合也；簪，疾也。"孔颖达疏："群朋合聚而疾来也。"如果用大白话说，就是"快来堂"。我觉得"快来堂"也挺不错。我们小时候对盍簪堂的兴趣比四贤祠大得多，因为堂的两壁刻着《秦邮帖》。小时候以为帖上的字是这些书法家在高邮写的。不是的。是把各家的书法杂凑起来的（帖都是杂凑起来的）。帖是清代嘉庆年间一个叫师亮采的地方官属钱梅溪刻的。钱泳《履园丛话》："二十年乙亥……是年秋八月为韩城师禹门太守刻《秦邮帖》四卷，皆取苏东坡、黄山谷、米元章、秦少游诸公书，而殿以松雪、华亭二家。"曾有人考证，帖中书颇多"赝鼎"，是假的，我们不管这些，对它还是很有感情。我们用薄纸蒙在帖上，用铅笔来回磨蹭，把这些字"拓"下来带回家。有时翻出来看看，觉得字都很美。

盍簪堂后是一座木结构的楼，是文游台的主体建筑。楼颇宏大，东西两面都是大窗户。我读小学时每年"春游"都要上文游台，趴在两边窗台上看半天。东边是农田，碧绿的麦苗，油菜、蚕豆正在开花，很喜人。西边是人家，鳞次栉比。最西可看到运河堤上的杨柳，看到船帆在树头后面缓缓移动。缓缓移动的船帆叫我的心有点酸酸的，也甜甜的。

文游台的出名，是因为这是苏东坡、秦少游、王定国、孙莘老聚会的地方，他们在楼上饮酒、赋诗、倾谈、笑傲。实际上文游诸贤之中，最牵动高邮人心的是秦少游。苏东坡只是在高邮停留一个很短的时期。王定国不是高邮人。孙莘老不知道为什么给人一个很古板的印象，使人不大喜欢。文游台实际上是秦少游的台。

秦少游是高邮人的骄傲，高邮人对他有很深的感情，除了因为他是大才子，"国士无双"，词写得好，为人正派，关心人民生活（著过《蚕书》）……还因为他一生遭遇很不幸。他的官位不高，最高只做到"正字"，后半生一直在迁谪中度过。四十六岁"坐党籍"改馆阁校勘，出为杭州通判。这一年由于御史刘拯给他打了小报告，说他增损《实录》，贬监处州酒税。叫一个才子去管酒税，真是令人啼笑皆非。四十八岁因为有人揭发他写佛书，削秩徙郴州。五十岁，迁横州。五十一岁迁雷州。几乎每年都要调动一次，而且越调越远。后来朝廷下了赦令，廷臣多内徙，少游启程北归，至滕州，出游光华亭，索水欲饮，水至，笑视之而卒，终年五十三岁。

迁谪生活，难以为怀，少游晚年诗词颇多伤心语，但他还是很旷达，很看得开的，能于颠沛中得到苦趣。明陶宗仪《说郛》卷八十二：

> 秦观南迁，行次郴道遇雨，有老仆滕贵者，久在少游家，随以南行，管押行李在后，泥泞不能进，少游留道傍人家以俟，久之方盘跚策杖而至，视少游叹曰："学士，学士！他们取了富贵，做了好官，不枉了恁地，自家做甚来陪奉他们！波波地打闲官，方落得甚声名！"怒而不饭。少游再三勉之，曰："没奈何。"其人怒犹未已，曰："可知是没奈何！"少游后见邓博文言之，大笑，且谓邓曰："到京见诸公，不可不举似以发大笑也。"

我以为这是秦少游传记资料中写得最生动的一则。而且是可靠的。这样如闻其声的口语化的对白是伪造不来的。这也是白话文学史中很珍贵的资料,老仆、少游,都跃然纸上。我很希望中国的传记文学、历史题材的小说戏曲都能写成这样。然而可遇而不可求。现在的传记历史题材的小说,都空空廓廓,有事无人,而且注入许多"观点",使人搔痒不着,吞蝇欲吐。历史连续电视剧则大多数是胡说八道!

东坡闻少游凶信,叹曰:"少游已矣,虽万人何赎。"呜呼哀哉。

他乡寄意

抗日战争时期,昆明重庆流传一则谜语:航空信——打一地名。谜底是:高邮。这说明知道我的家乡的人还是不少的。但是多数人对我的家乡的所知,恐怕只限于我们那里出咸鸭蛋,而且有双黄的。我遇到很多外地人问过我:你们那里为什么出双黄鸭蛋?我也回答过,说这和鸭种有关;我们那里水多,小鱼小虾多,鸭吃多了小鱼小虾,爱下双黄蛋。其实这是想当然耳。直到现在,我也说不清这是什么道理。敝乡真是"小地方",经济、文化都比较落后,只落得以产双黄鸭蛋而出名,悲哉!

我的家乡过去是相当穷的。穷的原因是多水患。我们那里是水乡。人家多傍水而居,出门就得坐船。秦少游诗云:"菰蒲深处疑无地,忽有人家笑语声",大抵里下河一带都是如此。县城的西面是运河,运河西堤外便是高邮湖。运河河身高,几乎是一条"悬河",而县境的地势低，据说运河的河底和县城的城墙一般高。这可能有一点夸张。但我们小时候到运河堤上去玩，站在河堤上，是可以俯瞰下面人家的屋顶的。城里的孩子放风筝，风筝飘在堤上人的脚底下。这样，全县就随时处在水灾的威胁之中。民国二十年的大水我是亲历的。湖水侵入运河，运河堤破，洪水直灌而下，我家所住的东大街成了一条激流汹涌的大河。这一年水灾，毁坏田地房屋无数，死了几万人。我在外面这些年，经常关心的一件事，是我的家乡又闹水灾了没有？前几年，我的一个在江苏省水利厅当总工程师的初中同班同学到北京开会，来看我。他告诉我：高邮永远不会闹水灾了。我于是很想回去看看。我十九岁离乡，在外面已四十多年了。

苏北水灾得到根治，主要是由于修建了江都水利枢纽和苏北灌溉总渠。这是两项具有全国意义的战略性的水利工程，我的初中同班同学是参与这两项工程的主要设计者之一。我参观了江都水利枢纽，对那些现代化的机械一无所知，只觉得很壮观。但是我知道，从此以后，运河水大，可以泄出；水少，可以从长江把水调进来，不但旱涝无虞，而且使多少万人的生命得到了保障。呜呼，厥功伟矣！

我在家乡住了约一个星期。每天早起，我都要到运河堤上走一趟。运河拓宽了。小时候我们过运河去玩，由东堤到西堤，两篙子就到了。现在西门宝塔附近的河面宽得像一条江。我站在平整坚实的河堤上,看着横渡的轮船,拉着汽笛,悠然驶过,心里说不出的感动。

县境内的河也都经过统一规划,综合治理了,交通、灌溉都很方便。很多地方都实现了电力灌溉。我看了几份材料,都说现在是"要水一声喊,看水穿花鞋"。这两句话有点"大跃进"的味道,而且现在的妇女也很少穿花鞋的。不过过去到处可见的长到三十二轧的水车和凉亭似的牛车棚确实看不到了。我倒建议保留一架水车,放在博物馆里,否则下一辈人将不识水车为何物。

由于水利改善,粮食大幅度地增产了。过去我们那里的田,打五百斤粮食,就算了不起了;现在亩产千斤,不成问题。不少地方已达"吨粮"——亩产两千斤。因此,农民的生活大大提高了。很多人家盖起了新房子,砖墙、瓦顶、玻璃窗,门外种着西番莲、洋菊花。农村姑娘的衣着打扮也很入时,烫发、皮鞋,吓!

不过粮食增产有到头的时候。两千斤粮食又能卖多少钱呢?单靠农业,我们那个县还是富不起来的。希望还在发展工业上。我希望地方的有识之士动动脑筋。也可以把在外面工作的内行请回去出出主意。到二千年,我的故乡应当会真正变个样子,成为一个开放型的城市。这样,故乡人民的心胸眼界才有可能开阔起来,摆脱小家子气。

我们那个县从来很难说是人文荟萃之邦。不但和扬州、仪征不能比,比兴化、泰州也不如。宋代曾以此地为高邮军，大概繁盛过一阵，不少文人都曾在高邮湖边泊舟，宋诗里提及高邮的地方颇多。那时出过鼎鼎大名，至今为故人引为骄傲的秦少游，还有一位孙莘老。明代出过一个散曲家兼画家的王西楼（磐）。清代出过王氏父子——王念孙、王引之。还有一位古文家夏之蓉。此外，再也数不出多少名人了。而且就是这几位名人，也没有在我的家乡产生多大的影响。秦少游没有留下多少遗迹。原来的文游台下有一个秦少游读书处，后来也倒塌了。连秦少游老家在哪里，也都搞不清楚，实在有点对不起这位绝代词人。听说近年发现了秦氏宗谱，那么这个问题可能有点线索了吧。更令人遗憾的是历代研究秦少游的故乡人颇少。我上次回乡看到一部《淮海集》，是清版。我们县应该有一部版本较好的《淮海集》才好。近年有几位青年有志于研究秦少游，地方上应该予以支持。王西楼过去知道的人更少。我小时候在家乡就没有读过一首王西楼的散曲，只是现在还流传一句有地方特点的歇后语："王西楼嫁女儿——话（画）多银子少。"《王西楼乐府》最初是在高邮刻印的，最好能找到较早的版本。我希望家乡能出一两个王西楼专家。散曲的谱不是很难找到，能不能把王西楼的某些散曲，比如那首有名的《唢呐》，翻成简谱在县里唱一唱？如果能组织一场王西楼散曲演唱晚会，那是会很叫人兴奋的。王念孙父子在清代训诂学界影响很大，号称"高邮王氏之学"。但是我的很多家乡人只知道"独旗杆王家"，至于王家是怎么回事，就不大了然了。我也希望故乡有人能继承光大王氏之学。前年高邮在王氏旧宅修建了高邮王氏纪念馆，让我写字，我寄去一副对联："一代宗师，千秋绝学；二王馀韵，百里书声"。下联实是我对于乡人的期望。

以上说的是传统文化。对于现代科学，我们高邮人做出贡献的也有。比如孙云铸，是世界有名的古生物学家、地层学家。他的《中国北方寒武纪动物化石》是我国第一部古生物学专著。我初到昆明时，曾到他家去过。他家桌上、窗台上，到处都是三叶虫化石。这是一位很纯正的学者。可是故乡人知道他的不多。高邮拟修县志，我希望县志里有孙云铸的传。我也希望故乡的后辈能继承老一辈严谨的治学精神。

我们县是没有多少名胜古迹的。过去年代较久，建筑上有特点的，是几座庙：承天寺、天王寺、善因寺。现在已经拆得一点不剩了。西门宝塔还在，但只是孤零零的一座塔，周围是一片野树。高邮的"刮刮老叫"的古迹是文游台，这是苏东坡、秦少游等名士文酒雅集之地，我们小时候春游远足，总是上文游台。登高四望，烟树帆影、豆花芦叶，确实是可以使人胸襟一畅的。文游台在敌伪时期，由一个姓王的本地人县长重修了一次，搞得不像样子。重修后的奎楼、公园也都不理想。请恕我说一句直话：有点俗。听说文游台将重修，不修便罢，修就修好。

文游台既是宋代的遗迹，建筑上要有点宋代的特点。比如：大斗拱、素朴的颜色。千万不要因陋就简，或者搞得花花绿绿的。

我离乡日久，鬓毛已衰，对于故乡一无贡献，很惭愧。《新华日报》约我为"故乡情"写稿，略抒芹意，希望我的乡人不要见怪。

第四辑

相看是故人

人不管走到哪一步，总得找点乐子，想一点办法，老是愁眉苦脸的，干吗呢！

万 物 可 爱

多年父子成兄弟

这是我父亲的一句名言。

父亲是个绝顶聪明的人。他是画家，会刻图章，画写意花卉。图章初宗浙派，中年后治汉印。他会摆弄各种乐器，弹琵琶，拉胡琴，笙箫管笛，无一不通。他认为乐器中最难的其实是胡琴，看起来简单，只有两根弦，但是变化很多，两手都要有功夫。他拉的是老派胡琴，弓子硬，松香滴得很厚——现在拉胡琴的松香都只滴了薄薄的一层。他的胡琴音色刚亮。胡琴码子都是他自己刻的，他认为买来的不中使。他养蟋蟀，养金铃子。他养过花。他养的一盆素心兰在我母亲病故那年死了，从此他就不再养花。我母亲死后，他亲手给她做了几箱子冥衣——我们那里有烧冥衣的风俗。按照母亲生前的喜好，选购了各种花素色纸作衣料，单夹皮棉，四时不缺。他做的皮衣能分得出小麦穗羊羔、灰鼠、狐肷。

父亲是个很随和的人，我很少见他发过脾气，对待子女，从无疾言厉色。他爱孩子，喜欢孩子，爱跟孩子玩，带着孩子玩。我的姑妈称他为"孩子头"。春天，不到清明，他领一群孩子到麦田里放风筝。放的是他自己糊的蜈蚣（我们那里叫"百脚"），是用染了色的绢糊的。放风筝的线是胡琴的老弦。老弦结实而轻，这样风筝可笔直的飞上去，没有"肚儿"。用胡琴弦放风筝，我还未见过第二人。清明节前，小麦还没有"起身"，是不怕践踏的，而且越踏会越长得旺。孩子们在屋里闷了一冬天，在春天的田野里奔跑跳跃，身心都极其畅快。他用钻石刀把玻璃裁成不同形状的小块，再一块一块逗拢，接缝处用胶水粘牢，做成小桥、小亭子、八角玲珑水晶球。桥、亭、球是中空的，里面养了金铃子。从外面可以看到金铃子在里面自在爬行，振翅鸣叫。他会做各种灯。用浅绿透明的"鱼鳞纸"扎了一只纺织娘，栩栩如生。用西洋红染了色，上深下浅，通草做花瓣，做了一个重瓣荷花灯，真是美极了。用小西瓜（这是拉秧的小瓜，因其小，不中吃，叫作"打瓜"或"笃瓜"）上开小口挖净瓜瓤，在瓜皮上雕镂出极细的花纹，做成西瓜灯。我们在这些灯里点了蜡烛，穿街过巷，邻居的孩子都跟过来看，非常羡慕。

父亲对我的学业是关心的，但不强求。我小时了了，国文成绩一直是全班第一。我的作文，时得佳评，他就拿出去到处给人看。我的数学不好，他也不责怪，只要能及格，就行了。他画画，我小时也喜欢画画，但他从不指点我。他画画时，我在旁边看。其余时间由我自己乱翻画谱，瞎抹。我对写意花卉那时还不太会欣赏，只是画一些鲜艳的大桃子，或者我从来没有见过的瀑布。我小时字写得不错，他倒是给我出过一点主意。在我写过一阵"圭峰碑"和"多宝塔"以后，他建议我写写"张猛龙"。这建议是很好的，到现在我写的字还有"张猛龙"的影响。我初中时爱唱戏，唱青衣，我的嗓子很好，高亮甜润。在家里，他拉胡琴，我唱。我的同学有几个能唱戏的。学校开同乐会，他应我的邀请，到学校去伴奏。几个同学都只是清唱。有一个姓费的同学借到一顶纱帽，一件蓝官衣，扮起来唱《朱砂井》，但是没有配角，没有衙役，没有犯人，只是一个赵廉，摇着马鞭在台上走了两圈，唱了一段"郿坞县在马上心神不定"，便完事下场。父亲那么大的人陪着几个孩子玩了一下午，还挺高兴。我十七岁初恋，暑假里，在家写情书，他在一旁瞎出主意！我十几岁就学会了抽烟喝酒。他喝酒，给我也倒一杯。抽烟，一次抽出两根，他一根，我一根。他还总是先给我点上火。我们的这种关系，他人或以为怪。父亲说："我们是多年父子成兄弟。"

我和儿子的关系也是不错的。我戴了"右派分子"的帽子下放张家口农村劳动，他那时还从幼儿园刚毕业，刚刚学会汉语拼音，用汉语拼音给我写了第一封信。我也只好赶紧学会汉语拼音，好给他写回信。"文化大革命"期间，我被打成"黑帮"，关进"牛棚"。偶尔回家，孩子们对我还是很亲热。我的老伴告诫他们"你们要和爸爸'划清界限'"，儿子反问母亲："那你怎么还给他打酒？"只有一件事，两代之间，曾有分歧。他下放山西忻县"插队落户"。按规定，春节可以回京探亲，我们等着他回来。不料他同时带回了一个同学。他的这个同学的父亲是一位正受林彪迫害，搞得人囚家破的空军将领。这个同学在北京已经没有家，按照大队的规定是不能回北京的，但是这孩子很想回北京，在一伙同学的秘密帮助下，我的儿子就偷偷地把他带回来了。他连"临时户口"也不能上，是个"黑人"，我们留他在家住，等于"窝藏"了他。公安局随时可以来查户口，街道办事处的大妈也可能举报。当时人人自危，自顾不暇，儿子惹了这么一个麻烦，使我们非常为难。我和老伴把他叫到我们的卧室，对他的冒失行为表示很不满。我责备他："怎么事前也不和我们商量一下！"我的儿子哭了，哭得很委屈，很伤心。我们当时立刻明白了：他是对的，我们是错的。我们这种怕担干系的思想是庸俗的，我们对儿子和同学之间义气缺乏理解，对他的感情不够尊重。他的同学在我们家一直住了四十多天，才离去。

  对儿子的几次恋爱，我采取的态度是"闻而不问"。了解，但不干涉。我们相信他自己的选择，他的决定。最后，他悄悄和一个小学时期女同学好上了，结了婚。有了一个女儿，已近七岁。

我的孩子有时叫我"爸"，有时叫我"老头子！"连我的孙女也跟着叫。我的亲家母说这孩子"没大没小"。我觉得一个现代的、充满人情味的家庭，首先必须做到"没大没小"。父母叫人敬畏，儿女"笔管条直"，最没有意思。

儿女是属于他们自己的。他们的现在，和他们的未来，都应由他们自己来设计。一个想用自己理想的模式塑造自己的孩子的父亲是愚蠢的，而且，可恶！另外，作为一个父亲，应该尽量保持一点童心。

我的母亲

我父亲结过三次婚。

我的生母姓杨。我不知道她的学名。杨家不论男女都是排行的。我母亲那一辈"遵"字排行，我母亲应该叫杨遵什么。前年我写信问我的姐姐，我们的母亲叫什么。姐姐回信说：叫"强四"。我觉得很奇怪，怎么叫这么个名呢？是小名么？也不大像。我知道我母亲不是行四。一个人怎么会连自己母亲的名字都不知道呢？因为我母亲活着的时候我太小了。

我三岁的时候，母亲就故去了。我对她一点印象都没有。她得的是肺病，病后即移住在一个叫"小房"的房间里，她也不让人把我抱去看她。我只记得我父亲用一个煤油箱自制了一个炉子，煤油箱横放着，有两个火口，可以同时为母亲熬粥，熬参汤、燕窝，另外还记得我父亲雇了一只船陪她到淮城去就医，我是随船去的。我记得小船中途停泊时，父亲在船头钓鱼，还记得船舱里挂了好多大头菜。我一直记得大头菜的气味。

我只能从母亲的画像看看她。据我的大姑妈说，这张像画得很像。画像上的母亲很瘦，眉尖微蹙。样子和我的姐姐很相似。我母亲是读过书的。她病倒之前每天还写一张大字。我曾在我父亲的画室里找出一摞母亲写的大字，字写得很清秀。

前年我回家乡，见着一个老邻居，她记得我母亲。看见过我母亲在花园里看花。——这家邻居和我们家的花园只隔一堵短墙。我母亲叫她"小新娘子"。"小新娘子，过来过来，给你一朵花戴。"我于是好像看见母亲在花园里看花，并且觉得她对邻居很和善。这位"小新娘子"已经是八十多岁的老太太了！

我还记得我母亲爱吃京冬菜。这东西我们家乡是没有的，是托做京官的亲戚带回来的，装在陶制的罐子里。

我母亲死后，她养病的那间"小房"锁了起来，里面堆放着她生前用的东西，全部嫁妆，——"摆橱"、皮箱和铜火盆、朱漆的火盆架子……我的继母有时开锁进去，取一两样东西，我跟着进去看过。"小房"外面有一个小天井。靠南有一个秋叶形的小花台。花台上开了一些秋海棠。这些海棠自开自落，没人管它。花很伶仃，但是颜色很红。

我的第一个继母娘家姓张。她们家原来在张家庄住，是个乡下财主。后来在城里盖了房子，才搬进城来。房子是全新的，新砖、新瓦，油漆的颜色也都很新。没有什么花木，却有一片很大的桑园。我小时就觉得奇怪，又不养蚕，种那么多桑树做什么？桑树都长得很好，干粗叶大，是湖桑。

我的继母幼年丧母，她是跟姑妈长大的，姑妈家姓吴。继母的姑妈年轻守寡。她住的房子二梁上挂着一块匾，朱地金字："松贞柏节"，下款是"大总统题"。这大总统不知是谁，是袁世凯？还是黎元洪？吴家家境不富裕，住的房子是张家的三间偏房。老姑奶奶有两个儿子，一个叫大和子，一个叫小和子。两个儿子都没上学校，念了几年私塾，专学珠算。同年龄的少年学"鸡兔同笼"，他们却每天打"归除"、"斤求两，两求斤"。他们是准备到钱庄去学生意的。

我的继母归宁，也到她的继母屋里坐坐，但大部分时间都在这三间偏房里和姑妈在一起。我父亲到老丈人那边应酬应酬，说些淡话，也都在"这边"陪姑妈闲聊。直到"那边"来请坐席了，才过去。

继母身体不好。她婚前咳嗽得很厉害，和我父亲拜堂时是服用了一种进口的杏仁露压住的。

她是长女，但是我的外公显然并不钟爱她。她的陪嫁妆奁是不丰的。她有时准备出门做客，才戴一点首饰。比较好的首饰是副翡翠耳环。有一次，她要带我们到外公家拜年，她打扮了一下，换了一件灰鼠的皮袄。我觉得她一定会冷。这样的天气,穿一件灰鼠皮袄怎么行呢?然而她只有一件皮袄。我忽然对我的继母产生一种说不出来的感情。我可怜她,也爱她。

后娘不好当。我的继母进门就遇到一个局面,"前房"(我的生母)留下三个孩子:我姐姐,我,还有一个妹妹。这对于"后娘"当然会是沉重的负担。上有婆婆,中有大姑子、小姑子,还有一些亲戚邻居,她们都拿眼睛看着,拿耳朵听着。

也许我和娘(我们都叫继母为娘)有缘,娘很喜欢我。

她每次回娘家,都是吃了晚饭才回来。张家总是叫了两辆黄包车,姐姐和妹妹坐一辆,娘搂着我坐一辆。张家有个规矩(这规矩是很多人家都有的),姑娘回自己婆家,要给孩子手里拿两根点着了的安息香。我于是拿着两根安息香,偎在娘怀里。黄包车慢慢地走着。两旁人家、店铺的影子向后移动着,我有点迷糊。闻着安息香的香味,我觉得很幸福。

小学一年级时,冬天,有一天放学回家,我大便急了,憋不住,拉在裤子里了(我记得我拉的屎是热腾腾的)。我兜着一裤兜屎,一扭一扭地回了家。我的继母一闻,二话没说,赶紧烧水,给我洗了屁股。她把我擦干净了,让我围着棉被坐着。接着就给我洗衬裤刷棉裤。她不但没有说我一句,连眉头都没有皱一下。

我妹妹长了头虱,娘煎了草药给她洗头,用篦子给她篦头发。张氏娘认识字,念过《女儿经》。《女儿经》有几个版本，她念过的那本，她从娘家带了过来，我看过。里面有这样的句子："张家长，李家短，别人的事情我不管。"她就是按照这一类道德规范做人的。她有时念经：《金刚经》《心经》《高王经》。她是为她的姑妈念的。

她做的饭菜有些是乡下做法，比如番瓜（南瓜）熬面疙瘩、煮百合先用油炒一下。我觉得这样的吃法很怪。

她死于肺病。

我的第二个继母姓任。任家是邵伯大地主，庄园有几座大门，庄园外有壕沟吊桥。

我父亲是到邵伯结的婚。那年我已经十七岁，读高二了。父亲写信给我和姐姐，叫我们去参加他的婚礼。任家派一个长工推了一辆独轮车到邵伯码头来接我们。我和姐姐一人坐一边。我第一次坐这种独轮车觉得很有趣。

我已经很大了，任氏娘对我们很客气，称呼我是"大少爷"。我十九岁离开家乡到昆明读大学。一九八六年回乡，这时娘才改口叫我"曾祺"。——我这时已经六十六岁，也不是什么"少爷"了。

我对任氏娘很尊敬，因为她伴随我的父亲度过了漫长的很艰苦的沧桑岁月。

她今年八十六岁。

我的父亲

我父亲行三。我的祖母有时叫他的小名"三子"。他是阴历九月初九重阳节那天生的，故名菊生（我父亲那一辈生字排行，大伯父名广生，二伯父名常生），字淡如。他作画时有时也题别号：亚痴、灌园生……他在南京读过旧制中学。所谓旧制中学大概是十年一贯制的学堂。我见过他在学堂时用过的教科书，英文是纳氏文法，代数几何是线装的有光纸印的，还有"修身"什么的。他为什么没有升学，我不知道。"旧制中学生"也算是功名。他的这个"功名"我在我的继母的"铭旌"上见过，写的是扁宋体的泥金字，所以记得。什么是"铭旌"，看《红楼梦》贾府办秦可卿丧事那回就知道，我就不噜苏了。

我父亲年轻时是运动员。他在足球校队踢后卫。他是撑杆跳选手，曾在江苏全省运动会上拿过第一。他又是单杠选手。我还见过他在天王寺外边驻军所设置的单杠上表演过空中大回环两周,这在当时是少见的。他练过武术,腿上带过铁砂袋。练过拳,练过刀、枪。我见他施展过一次武功。我初中毕业后,他陪我到外地去投考高中。在小轮船上,一个初来的侦缉队以检查为名勒索乘客的钱财。我父亲一掌,把他打得一溜跟头,从船上退过跳板,一屁股坐在码头上。我父亲平常温文尔雅,我还没见过他动手打人,而且,真有两下子!我父亲会骑马。南京马场有一匹烈马,咬人,没人敢碰它,平常都用一截粗竹筒套住它的嘴。我父亲偷偷解开缰绳,一骗腿骑了上去。一趟马道子跑下来,这马老实了。父亲还会游泳,水性很好。这些,我都不知道他是什么时候学的。

　　从南京回来后,他玩过一个时期乐器。他到苏州去了一趟,买回来好些乐器,笙箫管笛、琵琶、月琴、拉秦腔的胡胡、扬琴,甚至还有大小唢呐,唢呐我从未见他吹过。这东西吵人,除了吹鼓手、戏班子,一般玩乐器人都不在家里吹。一把大唢呐,一把小唢呐(海笛)一直放在他的画室柜橱的抽屉里。我们孩子们有时翻出来玩。没有哨子,吹不响,只好把铜嘴含在嘴里,自己呜呜作声,不好玩!他的一支洞箫、一支笛子,都是少见的上品。洞箫箫管很细,外皮作殷红色,很有年头了。笛子不是缠丝涂了一节一节黑漆的,是整个笛管擦了荸荠紫漆的,比常见的笛子管粗。箫声幽远,笛声圆润。我这辈子吹过的箫笛无出其右者。这两支箫笛不是从乐器店里买的,是花了大价钱从私人手里买的。他的琵琶是很好的,但是拿去和一个理发店里换了。他拿回理发店的那面琵琶又脏又旧、油里咕叽的。我问他为什么要换了这么一面脏琵琶回来,他说:"这面琵琶声音好!"理发店用一面旧琵琶换了他的几乎是全新的琵琶,当然乐意。不论什么乐器,他听听别人演奏,看看指法,就能学会。他弹过一阵古琴,说:都说古琴很难,其实没有什么。我的一个远房舅舅,有一把一个法国神父送他的小提琴,我父亲跟他借回来,鼓揪鼓揪,几天工夫,就能拉出曲子来。据我父亲说:乐器里最难,最要功夫的,是胡琴。别看它只有两根弦,很简单,越是简单的东西越不好弄。他拉的胡琴我拉不了,弓子硬,马尾多,滴的松香很厚,松香拉出一道很窄的深槽,我一拉,马尾就跑到深槽的外面来了。父亲不在家的时候我有时使劲拉一小段,我父亲一看松香就知道我动过他的胡琴了。他后来不大摆弄别的乐器了,只有胡琴是一直拉着的。

摒挡丝竹以后,父亲大部分时间用于画画和刻图章。他画画并无真正的师承,只有几个画友。画友中过从较密的是铁桥,是一个和尚,善因寺的方丈。我写的小说《受戒》里的石桥,就是以他为原型的。铁桥曾在苏州邓尉山一个庙里住过,他作画有时下款题为"邓尉山僧"。我父亲第二次结婚,娶我的第一个继母,新房里就挂了铁桥的一个条幅,泥金纸,上角画了几枝桃花,两只燕子,款题"淡如仁兄嘉礼弟铁桥写贺"。在新房里挂一幅和尚的画,我的父亲可谓全无禁忌;这位和尚和俗人称兄道弟,也真是不拘礼法。我上小学的时候,就觉得他们有点"胡来"。这幅画的两边还配了我的一个舅舅写的一副虎皮宣的对子:"蝶欲试花犹护粉,莺初学啭尚羞簧。"我后来懂得对联的意思了,觉得实在很不像话!铁桥能画,也能写。他的字写石鼓,画法任伯年。根据我的印象,都是相当有功力的。我父亲和铁桥常来往,画风却没有怎么受他的影响。也画过一阵工笔花卉。我们那里的画家有一种理论,画画要从工笔入手,也许是有道理的。扬州有一位专画菊花的画家,这位画家画菊按朵论价,每朵大洋一元。父亲求他画了一套菊谱,二尺见方的大册页。我有个姑太爷,也是画画的,说:"像他那样的玩法,我们玩不起!"兴化有一位画家徐子兼,画猴子,也画工笔花卉。我父亲也请他画了一套册页。有一开画的是罂粟花,薄瓣透明,十分绚丽。一开是月季,题了两行字:"春水蜜波,为花写照。""春水""蜜波"是月季的两个品种,我觉得这名字起得很美,一直不忘。我见过父亲画工笔菊花,原来花头的颜色不是一次敷染,要"加"几道。扬州有菊花名种"晓色",父亲说这种颜色最不好画。"晓色",很空灵,不好捉摸。他画成了,我一看,是晓色!他后来改了画写意,用笔略似吴昌硕,照我看,我父亲的画是有功力的,但是"见"得少,没有行万里路,多识大家真迹，受了限制。他又不会作诗，题画多用前人陈句，故布局平稳，缺少创意。

父亲刻图章，初宗浙派，清秀规矩。他年轻时刻过一套《陋室铭》印谱，有几方刻得不错，但是过于著意，很拘谨。有"兰带"、"折钉"，都是"做"出来的。有一方"草色入帘青"是双钩，我小时觉得很好看，稍大，即觉得纤巧小气。《陋室铭》印谱只是他初学刻印的成绩。三十多岁后，渐渐豪放，以治汉印为主。他有一套端方的《匋斋印存》，经常放在案头。有时也刻浙派小印。我记得他给一个朋友张仲陶刻过一块青田冻石小长方印，文曰"中匋"，实在漂亮。"中匋"两字也很好安排。

刻印的人多喜藏石。父亲的石头是相当多的，他最心爱的是三块田黄。我在小说《岁寒三友》中写的靳彝甫的三块田黄，实际上写的是我父亲的三块图章。

他盖章用的印泥是自己做的。用的是"大劈砂"，这是朱砂里最贵重的。大劈砂深紫色的，片状，制成印泥，鲜红夺目。他说见过一些明朝画，纸色已经灰暗，而印色鲜明不变。大劈砂盖的图章可以"隐指"，即用手指摸摸，印文是鼓出的。他的画室的书橱里摆了一列装在玻璃瓶的大劈砂和陈年的蓖麻子油，蓖麻是调印色用的。

我父亲手很巧，而且总是活得很有兴致。他会做各种玩意。元宵节，他用通草（我们家开药店，可以选出很大片的通草）为瓣，用画牡丹的西洋红（西洋红很贵，齐白石作画,有一个时期,如用西洋红,是要加价的)染出深浅,做成一盏荷花灯,点了蜡烛,比真花还美。他用蝉翼笺染成浅绿,以铁丝为骨,做了一盏纺织娘灯,下安细竹棍。我和姐姐提了,举着这两盏灯上街,到邻居家串门,好多人围着看。清明节前,他糊风筝。有一年糊了一只蜈蚣(我们那里叫"百脚"),是绢糊的。他用药店里称麝香用的小戥子约蜈蚣两边的鸡毛,——鸡毛必须一样重,否则上天就会打滚。他放这只蜈蚣不是用的一般线,是胡琴的老弦。我们那里用老弦放风筝的,家父实为第一人(用老弦放风筝,风筝可以笔直地飞上去,没有"肚子")。他带了几个孩子在傅公桥麦田里放风筝。这时麦子尚未"起身",是不怕踩的,越踩越旺。春服既成,惠风和畅,我父亲这个孩子头带着几个孩子,在碧绿的麦垄间奔跑呼叫,为乐如何?我想念我的父亲(我现在还常常梦见他),想念我的童年,虽然我现在是七十二岁,皤然一老了。夏天,他给我们糊养金铃子的盒子。他用钻石刀把玻璃裁成一小块一小块,再合拢,接缝处用皮纸糨糊固定,再加两道细蜡笺条,成了一只船、一座小亭子、一个八角玲珑玻璃球,里面养着金铃子。隔着玻璃,可以看到金铃子在里面爬,吃切成小块的梨,张开翅膀"叫"。秋天,买来拉秧的小西瓜,把瓜瓤掏空,在瓜皮上镂刻出很细致的图案,做成几盏西瓜灯。西瓜灯里点了蜡烛,撒下一片绿光。父亲鼓捣半天,就为让孩子高兴一晚上。我的

那间研究室锁着锁,外面藤萝密密遮满木窗,小花圃已经零落,犹有几枝残花在寂寞中开放,草长得非常非常高。那个日规还好好的在,雪白,竹钉影子斜斜的落在右边。

万 物 可 爱

童年是很美的。

我母亲死后,父亲给她糊了几箱子衣裳,单夹皮棉,四时不缺。他不知从哪里搜罗来各种颜色,砑出各种花样的纸。听我的大姑妈说,他糊的皮衣跟真的一样,能分出滩羊、灰鼠。这些衣服我没看见过,但他用剩的色纸,我见过。我们用来折"手工"。有一种纸,银灰色,正像当时时兴的"慕本缎子"。

我父亲为人很随和,没架子。他时常周济穷人,参与一些有关公益的事情。因此在地方上人缘很好。民国二十年发大水,大街成了河。我每天看见他蹚着齐胸的水出去,手里横执了一根很粗的竹篙,穿一身直罗裖,他出去,主要是办赈济。我在小说《钓鱼的医生》里写王淡人有一次乘了船,在腰里系了铁链,让几个水性很好的船工也在腰里系了铁链,一头拴在王淡人的腰里,冒着生命危险,渡过激流,到一个被大水围困的孤村去为人治病。这写的实际是我父亲的事。不过他不是去为人治病,而是去送"华洋义赈会"发来的面饼(一种很厚的面饼,山东人叫"锅盔")。这件事写进了地方上人送给我祖父的六十寿序里,我记得很清楚。

父亲后来以为人医眼为职业。眼科是汪家祖传。我的祖父、大伯父都会看眼科。我不知道父亲懂眼科医道。我十九岁离开家乡,离乡之前,我没见过他给人看眼睛。去年回乡,我的妹婿给我看了一册父亲手抄的眼科医书,字很工整，是他年轻时抄的。那么，他是在眼科上下过功夫的。听说他的医术还挺不错。有一个邻居的孩子得了眼疾，双眼肿得像桃子，眼球红得像大红缎子。父亲看过，说不要紧。他叫孩子的父亲到阴城（一片乱葬坟场，很大，很野，据说韩世忠在这里打过仗）去捉两个大田螺来。父亲在田螺里倒进两管鹅翎眼药，两撮冰片，把田螺扣在孩子的眼睛上。过了一会田螺壳裂了。据那个孩子说，他睁开眼，看见天是绿的。孩子的眼好了，一生没有再犯过眼病。田螺治眼，我在任何医书上没看见过，也没听说过。这个"孩子"现在还在，已经五十几岁了，是个理发师傅。去年我回家乡，从他的理发店门前经过，那天，他又把我父亲给他治眼的经过，向我的妹婿详细地叙述了一次。这位理发师傅希望我给他的理发店写一块招牌。当时我很忙，没有来得及给他写。我会给他写的。一两天就写了托人带去。

我父亲配制过一次眼药。这个配方现在还在，但是没有人配得起，要几十种贵重的药，包括冰片、麝香、熊胆、珍珠……珍珠要是人戴过的。父亲把祖母帽子上的几颗大珠子要了去。听我的第二个继母说，他制药极其虔诚，三天前就洗了澡（"斋戒沐浴"），一个人住在花园里，把三道门都关了，谁也不让去。

父亲很喜欢我。我母亲死后，他带着我睡。他说我半夜醒来就笑。那时我三岁（实年）。我到江阴去投考南菁中学，是他带着我去的。住在一个茶庄的栈房里，臭虫很多。他就点了一支蜡烛，见有臭虫，就用蜡烛油滴在它身上。第二天我醒来，看见席子上好多好多蜡烛油点子。我美美地睡了一夜，父亲一夜未睡。我在昆明时，他还在信封里用玻璃纸包了一小包"虾松"寄给我过。我父亲很会做菜，而且能别出心裁。我的祖父春天忽然想吃螃蟹。这时候哪里去找螃蟹？父亲就用瓜鱼（即水仙鱼），给他伪造了一盘螃蟹，据说吃起来跟真螃蟹一样。"虾松"是河虾剁成米大小粒，掺以小酱瓜丁，入温油炸透。我也吃过别人做的"虾松"，都比不上我父亲的手艺。

我很想念我的父亲。现在还常常做梦梦见他。我的那些梦本和他不相干，我梦里的那些事，他不可能在场，不知道怎么会搀和进来了。

大莲姐姐

大莲姐姐可以说是我的保姆。她是我母亲从娘家带过来的。她在杨家伺候大小姐——我母亲，到了我们家"带"我。我们那里把女佣人都叫作"莲子"，"大莲子"、"小莲子"。伺候我的二伯母的女佣人，有一个奇怪称呼，叫"高脚牌大莲子"。不知道怎么会这样称呼，可能是她的脚背特别高。全家都叫我的保姆为"大莲子"，只有我叫她"大莲姐姐"。

我小时候是个"惯宝宝"。怕我长不大，于是认了好几个干妈，在和尚庙、道士观里都记了名，我的法名叫"海鳌"。我还记得在我父亲的卧室的一壁墙上贴着一张八寸高五寸宽的梅红纸，当中一行字"三宝弟子求取法名海鳌"，两边各有一个字，一边是"皈"，一边是"依"。我大概是从这张记名红纸上才认得这个"皈"字的。因为是"惯宝宝"，才有一个保姆专门"看"我。

大莲姐姐对我的姐姐和妹妹是不大管的,就管照看我一个人。

大莲姐姐对我母亲很有感情,对我的继母就有一种敌意。继母还没有过门,嫁妆先发了过来,新房布置好了。她拍拍一张小八仙桌,对我的姐姐说:"这是红木的,不是海梅的!""海梅"别处不知叫什么,在我们那里是最贵重的木料。我母亲的嫁妆就是海梅的。她还教我们唱:

"小白菜呀,地里黄呀……"

我虽然很小,也觉得这不好。

大莲姐姐对我是很好。我小时不好好吃饭,老是围着桌子转,她就围着桌子追着喂我。不知要转多少圈,才能把半碗饭喂完。

晚上,她带着我睡。

我得了小肠疝气,有时发作,就在床上叫:"大莲姐姐,我疼。"她就熬了草药,倒在一个痰盂里,抱我坐在上面熏。熏一会,坠下来的小肠就能收缩回去。她不知从哪里学到一些偏方,都试过。煮了胡萝卜,让我吃。我天天吃胡萝卜,弄得我到现在还不喜欢胡萝卜的味儿。把鸡蛋打匀了,用个秤锤烧红了,放在鸡蛋里,刺啦一声,鸡蛋熟了。不放盐,吃下去。真不好吃!

我上小学后,大莲姐姐辞了事,离开我们家。她好像在别的人家做了几年。后来,就不帮人了,住在臭河边一个白衣庵里。她信佛,听我姐姐说,她受过戒。并未剃去头发，只在头顶上剃了一块，烧的戒疤也少，头发长长了，拢上去，看不出来。她成了个"道婆子"。我们那里有不少这种道婆子。她们每逢哪个庙的香期，就去"坐经"，——席地坐着，一坐一天。不管什么庙，是庙就"坐"。东岳庙、城隍庙，本来都是道士住持，她们不管，一屁股坐下就念"南无阿弥陀佛"，我放学回家，路过白衣庵，她有时看着我走过，有时也叫我到她那里去玩。白衣庵实在没有什么好"玩"的。这是一个小庵，殿上塑着一尊白衣观音。天井东西各有一间小屋，大莲姐姐住东屋，西屋住的也是一个"带发修行"的道婆子。

她后来又和同善社、"理教劝戒烟酒会"的一些人混在一起。我们那里没有一贯道。如果有，她一定也会入一贯道的。她是什么都信的。

悬空的人

黑人学者赫伯特约我去谈谈。这是一个很有教养的人。他在爱荷华大学读了十年，得过四个学位。学过哲学，现在在教历史，但是他的兴趣在研究戏剧——美国戏剧和别的国家的戏剧。我在一个酒会上遇见他。他说他对许多国家的戏剧都有所了解，唯独对中国戏剧不了解。他问我中国的丧服是不是白色的，我说：是的。他说欧洲的丧服是黑的，只有中国和黑人的丧服是白的。他觉得这有某种联系。

赫伯特很高大，长眉毛，大眼睛，阔唇，结实的白牙齿。说话时声音不高，从从容容，带着深思。听人说话时很专注，每有解悟，频频点头，或露出明亮的微笑。

和他住在一起的另一个黑人叫安东尼。比较瘦小，很文静，话很少，神情有点忧郁。他在南朝鲜研究过造纸、印刷和绘画，他想把这三者结合起来。他给我看了他的一张近作。纸是他自己造的，很厚，先印刷了一遍，再用中国毛笔画出来的。画的是爱丽丝漫游奇境里的镜中景象。当然,是抽象的。我觉得画的是痛苦的思维。他点点头。他现在在爱荷华大学美术馆负责。

赫伯特讲了他准备写的一个戏的构思。开幕是一个教堂,正在举行一个人的丧礼,大家都穿了白衣服。不一会,抬上来一具棺材。死者从棺材里爬了出来。别人问他:"你是来演戏的,还是来看戏的?"以下的一场,一些人在打篮球(当然是虚拟动作),剧情在球赛中进行。因为他的构思还没有完成,无法谈得很具体,我只能建议他把戏里存在的两个主题拧在一起,赋予打篮球以一个象征的意义。

以后就谈起美国的黑人问题。

赫伯特说:美国人都能说出他们是从哪里来的。从英格兰来的,苏格兰来的,荷兰来的,德国来的。我们说不出。我的来历,可以追溯到我的曾祖父。再往上,就不知道了。都是奴隶。我们不知道自己叫什么。Black people, Negro,都是白人叫我们的。我们是从非洲来的,但是是从哪个国家,哪个部族来的?不知道。我们只能把整个非洲当作我们的故乡,但是非洲很大,这个故乡是渺茫的。非洲人也不承认我们,说:"你们是美国人!"我们没有文化传统,没有历史。

我说:这是一种很深刻的悲哀。

赫伯特和安东尼都说:很深刻的悲哀!

赫伯特说:美国政府希望我们接受美国文化,但是这不是我们的文化。

我说美国现在的种族歧视好像不那么厉害。

赫伯特说：有些州还有，有些州好些，比如爱荷华。所以我们愿意住在这里。取消对黑人的歧视，约翰逊起了作用。我出去当了四年兵，回来一看：这是怎么回事？——黑人可以和白人同坐一列车，在一个饭馆里吃饭了。但是实际上还是有差别的。黑人杀了白人，要判很重的刑，常常是终身监禁；白人杀了黑人，关几年，很快就放出来了；黑人杀黑人，美国政府不管，——让你们杀去吧！

赫伯特承认，黑人犯罪率高（纽约哥伦比亚大学附近的一个公园、芝加哥的黑人区，晚上没有人敢去），脏。这应该主要由制度负责，还是应该黑人自己负责？

赫伯特说，主要是制度问题。二百年了，黑人没有好的教育，居住条件差，吃得不好，——黑人吃的东西和白人不一样。这不是一朝一夕能改变的。

（我想到改善人民的饮食和居住条件是直接和提高民族素质有关的事。住高楼大厦和大杂院，吃精米白面高蛋白和吃窝头咸菜的人就是不一样。）

我知道美国政府近年对黑人的政策有很大的改变，有意在黑人中培养出一部分中产阶级。美国的大学招生，政府规定黑人要占一定的百分比。完成不了比率，要受批评，甚至会削减学校的经费。黑人比较容易得到奖学金（美国奖学金很高，得到奖学金，学费、生活费可不成问题)。赫伯特、安东尼都在大学教书,爱荷华大学的副教务长(是一个诗人)是黑人。在芝加哥街头可以看到很多穿戴得相当讲究的黑人妇女(浑身珠光宝气,比有些白人妇女还要雍容华贵)。我问:是不是这样?

是这样。但是美国的大企业主没有一个是黑人的。

这样,美国的黑人就发生了分化:中产阶级的黑人和贫穷的黑人。

我问赫伯特和安东尼:你们的意识,你们的心态,是接近白人,还是接近贫穷的黑人?他们都说:接近白人。

因此,赫伯特说,贫穷的黑人也不承认我们。他们说:你们和我们不一样。

赫伯特说:我们希望我们替他们讲话,但是——我们不能。鞋子掉了,只能由自己提(他做一个提鞋的动作)。只能由他们当中产生领袖,出来说话。我们,只能写他们。

在我起身告辞的时候,赫伯特问我:我们没有历史,你说我们应该怎么办?

我说,既然没有历史,那就:从我开始!

赫伯特说:很对!

没有历史,是悲哀的。

一个人有祖国,有自己的民族,有文化传统,不觉得这有什么。一旦没有这些,你才会觉得这有多么重要,多么珍贵。

我在美国,听说有一个留学生说:"我宁愿在美国做狗,不愿意做中国人"。岂有此理!

沈从文先生在西南联大

沈先生在联大开过三门课：各体文习作、创作实习和中国小说史。三门课我都选了，——各体文习作是中文系二年级必修课，其余两门是选修。西南联大的课程分必修与选修两种。中文系的语言学概论、文字学概论、文学史（分段）……是必修课，其余大都是任凭学生自选。诗经、楚辞、庄子、昭明文选、唐诗、宋诗、词选、散曲、杂剧与传奇……选什么，选哪位教授的课都成。但要凑够一定的学分（这叫"学分制"）。一学期我只选两门课，那不行。自由，也不能自由到这种地步。

创作能不能教？这是一个世界性的争论问题。很多人认为创作不能教。我们当时的系主任罗常培先生就说过：大学是不培养作家的，作家是社会培养的。这话有道理。沈先生自己就没有上过什么大学。他教的学生后来成为作家的，也极少。但是也不是绝对不能教。沈先生的学生现在能算是作家的，也还有那么几个。问题是由什么样的人来教，用什么方法教。现在的大学里很少开创作课的，原因是找不到合适的人来教。偶尔有大学开这门课的，收效甚微，原因是教得不甚得法。

教创作靠"讲"不成。如果在课堂上讲鲁迅先生所讥笑的"小说作法"之类，讲如何作人物肖像，如何描写环境，如何结构，结构有几种——攒珠式的、橘瓣式的……那是要误人子弟的。教创作主要是让学生自己"写"。沈先生把他的课叫作"习作"、"实习"，很能说明问题。如果要讲，那"讲"要在"写"之后。就学生的作业，讲他的得失。教授先讲一套，让学生照猫画虎，那是行不通的。

沈先生是不赞成命题作文的，学生想写什么就写什么。但有时在课堂上也出两个题目。沈先生出的题目都非常具体。我记得他曾给我的上一班同学出过一个题目："我们的小庭院有什么"，有几个同学就这个题目写了相当不错的散文，都发表了。他给比我低一班的同学曾出过一个题目："记一间屋子里的空气"！我的那一班出过些什么题目，我倒不记得了。沈先生为什么出这样的题目？他认为：先得学会车零件，然后才能学组装。我觉得先做一些这样的片段的习作，是有好处的，这可以锻炼基本功。现在有些青年文学爱好者，往往一上来就写大作品，篇幅很长，而功力不够，原因就在零件车得少了。

沈先生的讲课，可以说是毫无系统。前已说过，他大都是看了学生的作业，就这些作业讲一些问题。他是经过一番思考的，但并不去翻阅很多参考书。沈先生读很多书，但从不引经据典，他总是凭自己的直觉说话，从来不说亚里士多德怎么说、福楼拜怎么说、托尔斯泰怎么说、高尔基怎么说。他的湘西口音很重，声音又低，有些学生听了一堂课，往往觉得不知道听了一些什么。沈先生的讲课是非常谦抑，非常自制的。他不用手势，没有任何舞台道白式的腔调，没有一点哗众取宠的江湖气。他讲得很诚恳，甚至很天真。但是你要是真正听"懂"了他的话，——听"懂"了他的话里并未发挥馨尽的余意，你是会受益匪浅，而且会终生受用的。听沈先生的课，要像孔子的学生听孔子讲话一样："举一隅而三隅反"。

沈先生讲课时所说的话我几乎全都忘了（我这人从来不记笔记）！我们有一个同学把闻一多先生讲唐诗课的笔记记得极详细，现已整理出版，书名就叫《闻一多论唐诗》，很有学术价值，就是不知道他把闻先生讲唐诗时的"神气"记下来了没有。我如果把沈先生讲课时的精辟见解记下来，也可以成为一本《沈从文论创作》。可惜我不是这样的有心人。

沈先生关于我的习作讲过的话我只记得一点了，是关于人物对话的。我写了一篇小说（内容早已忘记干净），有许多对话。我竭力把对话写得美一点，有诗意，有哲理。沈先生说："你这不是对话，是两个聪明脑壳打架！"从此我知道对话就是人物所说的普普通通的话，要尽量写得朴素。不要哲理，不要诗意。这样才真实。

沈先生经常说的一句话是："要贴到人物来写。"很多同学不懂他的这句话是什么意思。我以为这是小说学的精髓。据我的理解，沈先生这句极其简略的话包含这样几层意思：小说里，人物是主要的，主导的；其余部分都是派生的，次要的。环境描写、作者的主观抒情、议论，都只能附着于人物，不能和人物游离，作者要和人物同呼吸、共哀乐。作者的心要随时紧贴着人物。什么时候作者的心"贴"不住人物，笔下就会浮、泛、飘、滑，花里胡哨，故弄玄虚，失去了诚意。而且，作者的叙述语言要和人物相协调。写农民，叙述语言要接近农民；写市民，叙述语言要近似市民。小说要避免"学生腔"。

我以为沈先生这些话是浸透了淳朴的现实主义精神的。

沈先生教写作，写的比说的多，他常常在学生的作业后面写很长的读后感，有时会比原作还长。这些读后感有时评析本文得失，也有时从这篇习作说开去，谈及有关创作的问题。见解精到，文笔讲究。——一个作家应该不论写什么都写得讲究。这些读后感也都没有保存下来，否则是会比《废邮存底》还有看头的。可惜！

沈先生教创作还有一种方法，我以为是行之有效的，学生写了一个作品,他除了写很长的读后感之外,还会介绍你看一些与你这个作品写法相近似的中外名家的作品看。记得我写过一篇不成熟的小说《灯下》,记一个店铺里上灯以后各色人的活动,无主要人物、主要情节,散散漫漫。沈先生就介绍我看了几篇这样的作品,包括他自己写的《腐烂》。学生看看别人是怎样写的,自己是怎样写的,对比借鉴,是会有长进的。这些书都是沈先生找来,带给学生的。因此他每次上课,走进教室里时总要夹着一大摞书。

沈先生就是这样教创作的。我不知道还有没有别的更好的方法教创作。我希望现在的大学里教创作的老师能用沈先生的方法试一试。

学生习作写得较好的,沈先生就作主寄到相熟的报刊上发表。这对学生是很大的鼓励。多年以来,沈先生就干着给别人的作品找地方发表这种事。经他的手介绍出去的稿子,可以说是不计其数了。我在一九四六年前写的作品,几乎全都是沈先生寄出去的。他这辈子为别人寄稿子用去的邮费也是一个相当可观的数目了。为了防止超重太多,节省邮费,他大都把原稿的纸边裁去,只剩下纸芯。这当然不大好看。但是抗战时期,百物昂贵,不能不打这点小算盘。

沈先生教书,但愿学生省点事,不怕自己麻烦。他讲《中国小说史》,有些资料不易找到,他就自己抄,用夺金标毛笔，筷子头大的小行书抄在云南竹纸上。这种竹纸高一尺、长四尺，并不裁断，抄得了，卷成一卷。上课时分发给学生。他上创作课夹了一摞书，上小说史时就夹了好些纸卷。沈先生做事，都是这样，一切自己动手，细心耐烦。他自己说他这种方式是"手工业方式"。他写了那么多作品，后来又写了很多大部头关于文物的著作，都是用这种手工业方式搞出来的。

沈先生对学生的影响，课外比课堂上要大得多。他后来为了躲避日本飞机空袭，全家移住到呈贡桃园，每星期上课，进城住两天。文林街二十号联大教职员宿舍有他一间屋子。他一进城，宿舍里几乎从早到晚都有客人。客人多半是同事和学生。客人来，大都是来借书，求字，看沈先生收到的宝贝，谈天。

沈先生有很多书，但他不是"藏书家"，他的书，除了自己看，是借给人看的，联大文学院的同学，多数手里都有一两本沈先生的书，扉页上用淡墨签了"上官碧"的名字。谁借了什么书，什么时候借的，沈先生是从来不记得的。直到联大"复员"，有些同学的行装里还带着沈先生的书，这些书也就随之而漂流到四面八方了。沈先生书多，而且很杂，除了一般的四部书、中国现代文学、外国文学的译本，社会学、人类学、黑格尔的《小逻辑》、弗洛伊德、亨利·詹姆斯、道教史、陶瓷史、《髹饰录》、《糖霜谱》……兼收并蓄，五花八门。这些书，沈先生大君子之交淡如水，坐定之后，清茶一杯，闲话片刻而已。

万 物 可 爱

都认真读过。沈先生称自己的学问为"杂知识"。一个作家读书,是应该杂一点的。沈先生读过的书,往往在书后写两行题记。有的是记一个日期,那天天气如何,也有时发一点感慨。有一本书的后面写道:"某月某日,见一大胖女人从桥上过,心中十分难过。"这两句话我一直记得,可是一直不知道是什么意思。大胖女人为什么使沈先生十分难过呢?

沈先生对打扑克简直是痛恨。他认为这样地消耗时间,是不可原谅的。他曾随几位作家到井冈山住了几天。这几位作家成天在宾馆里打扑克,沈先生说起来就很气愤:"在这种地方,打扑克!"沈先生小小年纪就学会掷骰子,各种赌术他也都明白,但他后来不玩这些。沈先生的娱乐,除了看看电影,就是写字。他写章草,笔稍偃侧,起笔不用隶法,收笔稍尖,自成一格。他喜欢写窄长的直幅,纸长四尺,阔只三寸。他写字不择纸笔,常用糊窗的高丽纸。他说:"我的字值三分钱!"从前要求他写字的,他几乎有求必应。近年有病,不能握管,沈先生的字变得很珍贵了。

沈先生后来不写小说,搞文物研究了,国外、国内,很多人都觉得很奇怪。熟悉沈先生的历史的人,觉得并不奇怪。沈先生年轻时就对文物有极其浓厚的兴趣。他对陶瓷的研究甚深,后来又对丝绸、刺绣、木雕、漆器……都有广博的知识。沈先生研究的文物基本上是手工艺制品。

他从这些工艺品看到的是劳动者的创造性。他为这些优美的造型、不可思议的色彩、神奇精巧的技艺发出的惊叹，是对人的惊叹。他热爱的不是物，而是人。他对一件工艺品的孩子气的天真激情，使人感动。我曾戏称他搞的文物研究是"抒情考古学"。他八十岁生日，我曾写过一首诗送给他，中有一联："玩物从来非丧志，著书老去为抒情"，是纪实。他有一阵在昆明收集了很多耿马漆盒。这种黑红两色刮花的圆形缅漆盒，昆明多的是，而且很便宜。沈先生一进城就到处逛地摊，选买这种漆盒。他屋里装甜食点心、装文具邮票……的，都是这种盒子。有一次买得一个直径一尺五寸的大漆盒，一再抚摩，说："这可以作一期《红黑》杂志的封面！"他买到的缅漆盒，除了自用，大多数都送人了。有一回，他不知从哪里弄到很多土家族的挑花布，摆得一屋子，这间宿舍成了一个展览室。来看的人很多，沈先生于是很快乐。这些挑花图案带天真稚气而秀雅生动，确实很美。

　　沈先生不长于讲课，而善于谈天。谈天的范围很广，时局、物价……谈得较多的是风景和人物。他几次谈及玉龙雪山的杜鹃花有多大，某处高山绝顶上有一户人家，——就是这样一户！他谈某一位老先生养了二十只猫。谈一位研究东方哲学的先生跑警报时带了一只小皮箱，皮箱里没有金银财宝，装的是一个聪明女人写给他的信。谈徐志摩上课时带了一个很大的烟台苹果，一边吃，一边讲,还说:"中国东西并不都比外国的差,烟台苹果就很好!"谈梁思成在一座塔上测绘内部结构,差一点从塔上掉下去。谈林徽因发着高烧,还躺在客厅里和客人谈文艺。他谈得最多的大概是金岳霖。金先生终生未娶,长期独身。他养了一只大斗鸡,这鸡能把脖子伸到桌上来,和金先生一起吃饭。他到处搜罗大石榴、大梨。买到大的,就拿去和同事的孩子的比,比输了,就把大梨、大石榴送给小朋友,他再去买!……沈先生谈及的这些人有共同特点。一是都对工作、对学问热爱到了痴迷的程度;二是为人天真到像一个孩子,对生活充满兴趣,不管在什么环境下永远不消沉沮丧,无机心、少俗虑。这些人的气质也正是沈先生的气质。"闻多素心人,乐与数晨夕",沈先生谈及熟朋友时总是很有感情的。

　　文林街文林堂旁边有一条小巷,大概叫作金鸡巷,巷里的小院中有一座小楼。楼上住着联大的同学:王树藏、陈蕴珍(萧珊)、施载宣(萧荻)、刘北汜。当中有个小客厅。这小客厅常有熟同学来喝茶聊天,成了一个小小的沙龙。沈先生常来坐坐。有时还把他的朋友也拉来和大家谈谈。老舍先生从重庆过昆明时,沈先生曾拉他来谈过"小说和戏剧"。金岳霖先生也来过,谈的题目是"小说和哲学"。金先生是搞哲学的,主要是搞逻辑的,但是读很多小说,从普鲁斯特到《江湖奇侠传》。"小说和哲学"这题目是沈先生给他出的。不料金先生讲了半天,结论却是：小说和哲学没有关系。他说《红楼梦》里的哲学也不是哲学。他谈到兴浓处，忽然停下来，说："对不起，我这里有个小动物！"说着把右手从后脖领伸进去，捉出了一只跳蚤，甚为得意。我们问金先生为什么搞逻辑，金先生说："我觉得它很好玩"！

沈先生在生活上极不讲究。他进城没有正经吃过饭，大都是在文林街二十号对面一家小米线铺吃一碗米线。有时加一个西红柿，打一个鸡蛋。有一次我和他上街闲逛，到玉溪街，他在一个米线摊上要了一盘凉鸡，还到附近茶馆里借了一个盖碗，打了一碗酒。他用盖碗盖子喝了一点，其余的都叫我一个人喝了。

沈先生在西南联大是一九三八年到一九四六年。一晃，四十多年了！

金岳霖先生

西南联大有许多很有趣的教授，金岳霖先生是其中的一位。金先生是我的老师沈从文先生的好朋友。沈先生当面和背后都称他为"老金"。大概时常来往的熟朋友都这样称呼他。关于金先生的事，有一些是沈先生告诉我的。我在《沈从文先生在西南联大》一文中提到过金先生。有些事情在那篇文章里没有写进去，觉得还应该写一写。

金先生的样子有点怪。他常年戴着一顶呢帽，进教室也不脱下。每一学年开始，给新的一班学生上课，他的第一句话总是："我的眼睛有毛病，不能摘帽子，并不是对你们不尊重，请原谅。"他的眼睛有什么病，我不知道，只知道怕阳光。因此他的呢帽的前檐压得比较低，脑袋总是微微地仰着。他后来配了一副眼镜，这副眼镜一只的镜片是白的，一只是黑的。这就更怪了。后来在美国讲学期间把眼睛治好了，——好一些了，眼镜也换了，但那微微仰着脑袋的姿态一直还没有改变。他身材相当高大，经常穿一件烟草黄色的麂皮夹克，天冷了就在里面围一条很长的驼色的羊绒围巾。联大的教授穿衣服是各色各样的。闻一多先生有一阵穿一件式样过时的灰色旧夹袍，是一个亲戚送给他的，领子很高，袖口极窄。联大有一次在龙云的长子、蒋介石的干儿子龙绳武家里开校友会，——龙云的长媳是清华校友，闻先生在会上大骂"蒋介石，王八蛋！混蛋！"那天穿的就是这件高领窄袖的旧夹袍。朱自清先生有一阵披着一件云南赶马人穿的蓝色毡子的一口钟。除了体育教员，教授里穿夹克的，好像只有金先生一个人。他的眼睛即使是到美国治了后也还是不大好，走起路来有点深一脚浅一脚。他就这样穿着黄夹克，微仰着脑袋，深一脚浅一脚地在联大新校舍的一条土路上走着。

金先生教逻辑。逻辑是西南联大规定文学院一年级学生的必修课，班上学生很多，上课在大教室，坐得满满的。在中学里没有听说有逻辑这门学问，大一的学生对这课很有兴趣。金先生上课有时要提问，那么多的学生，他不能都叫得上名字来，——联大是没有点名册的，他有时一上课就宣布："今天，穿红毛衣的女同学回答问题。"于是所有穿红衣的女同学就都有点紧张，又有点兴奋。那时联大女生在蓝阴丹士林旗袍外面套一件红毛衣成了一种风气。——穿蓝毛衣、黄毛衣的极少。问题回答得流利清楚，也是件出风头的事。金先生很注意地听着，完了，说:"Yes!请坐!"

学生也可以提出问题,请金先生解答。学生提的问题深浅不一,金先生有问必答,很耐心。有一个华侨同学叫林国达,操广东普通话,最爱提问题,问题大都奇奇怪怪。他大概觉得逻辑这门学问是挺"玄"的,应该提点怪问题。有一次他又站起来提了一个怪问题,金先生想了一想,说:"林国达同学,我问你一个问题:'Mr.林国达 is perpendicular to the blackboard(林国达君垂直于黑板)'这是什么意思?"林国达傻了。林国达当然无法垂直于黑板,但这句话在逻辑上没有错误。

林国达游泳淹死了。金先生上课,说:"林国达死了,很不幸。"这一堂课,金先生一直没有笑容。

有一个同学,大概是陈蕴珍,即萧珊,曾问过金先生:"您为什么要搞逻辑?"逻辑课的前一半讲三段论,大前提、小前提、结论、周延、不周延、归纳、演绎……还比较有意思。后半部全是符号,简直像高等数学。她的意思是:这种学问多么枯燥!金先生的回答是:"我觉得它很好玩。"

除了文学院大一学生必修课逻辑,金先生还开了一门"符号逻辑",是选修课。这门学问对我来说简直是天书。选这门课的人很少,教室里只有几个人。学生里最突出的是王浩。金先生讲着讲着,有时会停下来,问:"王浩,你以为如何?"这堂课就成了他们师生二人的对话。

王浩现在在美国。前些年写了一篇关于金先生的较长的文章,大概是论金先生之学的,我没有见到。

王浩和我是相当熟的。他有个要好的朋友王景鹤,和我同在昆明黄土坡一个中学教书,王浩常来玩。来了,常打篮球。大都是吃了午饭就打。王浩管吃了饭就打球叫"练盲肠"。王浩的相貌颇"土",脑袋很大,剪了一个光头,——联大同学剪光头的很少,说话带山东口音。他现在成了洋人——美籍华人,国际知名的学者,我实在想象不出他现在是什么样子。前年他回国讲学,托一个同学要我给他画一张画。我给他画了几个青头菌、牛肝菌,一根大葱,两头蒜,还有一块很大的宣威火腿。——火腿是很少入画的。我在画上题了几句话,有一句是"以慰王浩异国乡情"。王浩的学问,原来是师承金先生的。一个人一生哪怕只教出一个好学生,也值得了。当然,金先生的好学生不止一个人。

金先生是研究哲学的,但是他看了很多小说。从普鲁斯特到福尔摩斯,都看。听说他很爱看平江不肖生的《江湖奇侠传》。有几个联大同学住在金鸡巷,陈蕴珍、王树藏、刘北汜、施载宣(萧荻)。楼上有一间小客厅。沈先生有时拉一个熟人去给少数爱好文学、写写东西的同学讲一点什么。金先生有一次也被拉了去。他讲的题目是《小说和哲学》。题目是沈先生给他出的。大家以为金先生一定会讲出一番道理。不料金先生讲了半天,结论却是:小

我很想念我的父亲。现在还常常做梦梦见他。我的那些梦本和他不相干，我梦里的那些事，他不可能在场，不知道怎么会搀和进来了。

万物可爱

说和哲学没有关系。有人问：那么《红楼梦》呢？金先生说："《红楼梦》里的哲学不是哲学。"他讲着讲着，忽然停下来："对不起，我这里有个小动物。"他把右手伸进后脖领，捉出了一个跳蚤，捏在手指里看看，甚为得意。

金先生是个单身汉（联大教授里不少光棍，杨振声先生曾写过一篇游戏文章《释鳏》，在教授间传阅），无儿无女，但是过得自得其乐。他养了一只很大的斗鸡（云南出斗鸡）。这只斗鸡能把脖子伸上来，和金先生一个桌子吃饭。他到处搜罗大梨、大石榴，拿去和别的教授的孩子比赛。比输了，就把梨或石榴送给他的小朋友，他再去买。

金先生朋友很多，除了哲学系的教授外，时常来往的，据我所知，有梁思成、林徽因夫妇，沈从文，张奚若……君子之交淡如水，坐定之后，清茶一杯，闲话片刻而已。金先生对林徽因的谈吐才华，十分欣赏。现在的年轻人多不知道林徽因。她是学建筑的，但是对文学的趣味极高，精于鉴赏，所写的诗和小说如《窗子以外》《九十九度中》风格清新，一时无二。林徽因死后，有一年，金先生在北京饭店请了一次客，老朋友收到通知，都纳闷：老金为什么请客？到了之后，金先生才宣布："今天是徽因的生日。"

金先生晚年深居简出。毛主席曾经对他说："你要触摸触摸社会。"金先生已经八十岁了,怎么触摸社会呢?他就和一个蹬平板三轮车的约好,每天蹬着他到王府井一带转一大圈。我想象金先生坐在平板三轮上东张西望,那情景一定非常有趣。王府井人挤人,熙熙攘攘,谁也不会知道这位东张西望的老人是一位一肚子学问,为人天真、热爱生活的大哲学家。

金先生治学精深,而著作不多。除了一本大学丛书里的《逻辑》,我所知道的,还有一本《论道》。其余还有什么,我不清楚,须问王浩。

我对金先生所知甚少。希望熟知金先生的人把金先生好好写一写。

联大的许多教授都应该有人好好地写一写。

老舍先生

北京东城迺兹府丰盛胡同有一座小院。走进这座小院，就觉得特别安静、异常豁亮。这院子似乎经常布满阳光。院里有两棵不大的柿子树（现在大概已经很大了），到处是花，院里、廊下、屋里，摆得满满的。按季更换，都长得很精神，很滋润，叶子很绿，花开得很旺。这些花都是老舍先生和夫人胡絜青亲自莳弄的。天气晴和，他们把这些花一盆一盆抬到院子里，一身热汗。刮风下雨，又一盆一盆抬进屋，又是一身热汗。老舍先生曾说："花在人养。"老舍先生爱花，真是到了爱花成性的地步，不是可有可无的了。汤显祖曾说他的词曲"俊得江山助"。老舍先生的文章也可以说是"俊得花枝助"。叶浅予曾用白描为老舍先生画像，四面都是花，老舍先生坐在百花丛中的藤椅里，微仰着头，意态悠远。这张画不是写实，意思恰好。

客人被让进了北屋当中的客厅，老舍先生就从西边的一间屋子走出来。这是老舍先生的书房兼卧室。里面陈设很简单，一桌、一椅、一榻。老舍先生腰不好，习惯睡硬床。老舍先生是文雅的、彬彬有礼的。他的握手是轻轻的，但是很亲切。茶已经沏出色了，老舍先生执壶为客人倒茶。据我的印象，老舍先生总是自己给客人倒茶的。

老舍先生爱喝茶，喝得很勤，而且很酽。他曾告诉我，到莫斯科去开会，旅馆里倒是为他特备了一只暖壶。可是他沏了茶，刚喝了几口，一转眼，服务员就给倒了。"他们不知道，中国人是一天到晚喝茶的！"

有时候，老舍先生正在工作，请客人稍候，你也不会觉得闷得慌。你可以看看花。如果是夏天，就可以闻到一阵一阵香白杏的甜香味儿。一大盘香白杏放在条案上，那是专门为了闻香而摆设的。你还可以站起来看看西壁上挂的画。

老舍先生藏画甚富，大都是精品。所藏齐白石的画可谓"绝品"。壁上所挂的画是时常更换的。挂的时间较久的，是白石老人应老舍点题而画的四幅屏。其中一幅是很多人在文章里提到过的"蛙声十里出山泉"。"蛙声"如何画？白石老人只画了一脉活泼的流泉，两旁是乌黑的石崖，画的下端画了几只摆尾的蝌蚪。画刚刚裱起来时，我上老舍先生家去，老舍先生对白石老人的设想赞叹不止。

老舍先生极其爱重齐白石，谈起来时总是充满感情。

我所知道的一点白石老人的逸事,大都是从老舍先生那里听来的。老舍先生谈这四幅里原来点的题有一句是苏曼殊的诗(是哪一句我忘记了),要求画卷心的芭蕉。老人踌躇了很久,终于没有应命,因为他想不起芭蕉的心是左旋还是右旋的了,不能胡画。老舍先生说:"老人是认真的。"老舍先生谈起过,有一次要拍齐白石的画的电影,想要他拿出几张得意的画来,老人说:"没有!"后来由他的学生再三说服动员,他才从画案的隙缝中取出一卷(他是木匠出身,他的画案有他自制的"消息"),外面裹着好几层报纸,写着四个大字:"此是废纸。"打开一看,都是惊人的杰作——就是后来纪录片里所拍摄的。白石老人家里人口很多,每天煮饭的米都是老人亲自量,用一个香烟罐头。"一下、两下、三下……行了!"——"再添一点,再添一点!"——"吃那么多呀!"有人曾提出把老人接出来住,这么大岁数了,不要再操心这样的家庭琐事了。老舍先生知道了,给拦了,说:"别!他这么着惯了。不叫他干这些,他就活不成了。"老舍先生的意见表现了他对人的理解,对一个人生活习惯的尊重,同时也表现了对白石老人真正的关怀。

老舍先生很好客,每天下午,来访的客人不断。作家,画家,戏曲、曲艺演员……老舍先生都是以礼相待,谈得很投机。

每年,老舍先生要把市文联的同人约到家里聚两次。

一次是菊花开的时候,赏菊。一次是他的生日,——我记得是腊月二十三。酒菜丰盛,而有特点。酒是"敞开供应",汾酒、竹叶青、伏特加,愿意喝什么喝什么,能喝多少喝多少。有一次很郑重地拿出一瓶葡萄酒,说是毛主席送来的,让大家都喝一点。菜是老舍先生亲自掂配的。老舍先生有意叫大家尝尝地道的北京风味。我记得有次有一瓷钵芝麻酱炖黄花鱼。这道菜我从未吃过,以后也再没有吃过。老舍家的芥末墩是我吃过的最好的芥末墩!有一年,他特意订了两大盒"盒子菜"。直径三尺许的朱红扁圆漆盒,里面分开若干格,装的不过是火腿、腊鸭、小肚、口条之类的切片,但都很精致。熬白菜端上来了,老舍先生举起筷子:"来来来!这才是真正的好东西!"

老舍先生对他下面的干部很了解,也很爱护。当时市文联的干部不多,老舍先生对每个人都相当清楚。他不看干部的档案,也从不找人"个别谈话",只是从平常的谈吐中就了解一个人的水平和才气,那是比看档案要准确得多的。老舍先生爱才,对有才华的青年,常常在各种场合称道,"平生不解藏人善,到处逢人说项斯"。而且所用的语言在有些人听起来是有点过甚其词,不留余地的。老舍先生不是那种惯说模棱两可、含糊其词、温暾水一样的官话的人。我在市文联几年,始终感到领导我们的是一位作家。他和我们的关系是前辈与后辈的关系,不是上下级关系。老舍先生这样"作家领导"的作风在市文联留下很好的影响，大家都平等相处，开诚布公，说话很少顾虑，都有点书生气、书卷气。他的这种领导风格，正是我们今天很多文化单位的领导所缺少的。

老舍先生是市文联的主席，自然也要处理一些"公务"，看文件，开会，作报告（也是由别人起草的）……但是作为一个北京市的文化工作的负责人，他常常想着一些别人没有想到或想不到的问题。

北京解放前有一些盲艺人，他们沿街卖艺，有时还兼带算命，生活很苦。他们的"玩意儿"和睁眼的艺人不全一样。老舍先生和一些盲艺人熟识，提议把这些盲艺人组织起来，使他们的生活有出路，别让他们的"玩意儿"绝了。为了引起各方面的重视，他把盲艺人请到市文联演唱了一次。老舍先生亲自主持，作了介绍，还特烦两位老艺人翟少平、王秀卿唱了一段《当皮箱》。这是一个喜剧性的牌子曲，里面有一个人物是当铺的掌柜，说山西话，有一个牌子叫"鹦哥调"，句尾的和声用喉舌做出有点像母猪拱食的声音，很特别，很逗。这个段子和这个牌子，是睁眼艺人没有的。老舍先生那天显得很兴奋。

北京有一座智化寺，寺里的和尚作法事和别的庙里的不一样，演奏音乐。他们演奏的乐调不同凡响，很古。所用乐谱别人不能识，记谱的符号不是工尺，而是一些奇奇怪怪的笔道。乐器倒也和现在常见的差不多，但主要的乐器却是管。据说这是唐代的"燕乐"。解放后，寺里的和尚多半已经各谋生计了,但还能集拢在一起。老舍先生把他们请来,演奏了一次。音乐界的同志对这堂活着的古乐都很感兴趣。老舍先生为此也感到很兴奋。

《当皮箱》和"燕乐"的下文如何,我就不知道了。

老舍先生是历届北京市人民代表。当人民代表就要替人民说话。以前人民代表大会的文件汇编是把代表提案都印出来的。有一年老舍先生的提案是:希望政府解决芝麻酱的供应问题。那一年北京芝麻酱缺货。老舍先生说:"北京人夏天离不开芝麻酱!"不久,北京的油盐店里有芝麻酱卖了,北京人又吃上了香喷喷的麻酱面。

老舍是属于全国人民的,首先是属于北京人的。

一九五四年,我调离北京市文联,以后就很少上老舍先生家里去了。听说他有时还提到我。

蔡德惠

我与蔡德惠君说不上什么交情，只是我很喜欢他这个人。同在联大新校舍住了几年，彼此似乎是毫无往来。他不大声说话，也没有引人留意的举动，除了他系里学术上的集会，他大概很少参加人多的场合（我印象如此，许是错了，也未可知）。我们那个时候认得他的人恐怕不多。我只记得有一次，一个假日，人多出去了，新校舍显得空空的，树木特别的绿，他一个人在井边草地上洗衣服，一脸平静自然，样子非常的好。自此他成为我一个不能忘去的人。他仿佛一直是如此。既是一个人，照理都有忧苦激愤，感情失常的时候，蔡君短短一生之中自必也见过遇过若干足以搅乱他的事情，我与他相知甚浅，不能接触到他生活全面，无由知道。凡我历次所见，他都是那么对世界充满温情、平静而自然的样子。我相信他这样的时候最多。也不知怎么一来，彼此知道名字，路上见到也点点头。他人颇瘦小，精神还不错。

我离开联大到昆明乡下一个中学去教书，就不大再看到他。学校同事中也有熟识他的人，可是谈话中未听见提过他名字。想是他们以为我不认得他。再者他人极含蓄，一身也无甚"故事"可以作谈话资料，或说无甚可以作为谈话资料的故事。我就知道他在生物系书读得极好，毕业后研究植物分类学，很有希望，研究室在什么地方，我亦熟悉，他大概经常在里面工作。有一次学校里教生物的两个先生告诉我要带学生出去看一次，问我高兴不高兴一起去走走，说："蔡德惠也来的。"果然没有几天他就来了。带了一大队学生出去，大家都围着他，随便掐一片叶子，找一朵花，问他，他都娓娓地说出这东西叫什么，生活情形，分布情形如何，有个什么故事与这有关，哪一篇诗里提到过它。说话还是轻轻的，温和清楚。现在想起来，当时不觉得，他似乎比以前更瘦了些。是秋天，野地里开了许多红白蓼花。他好像是穿了一件灰色长衫。

后来，有一次，雨季，我到联大去。太阳一收，雨忽然来了，相当的大，当时正走过他的研究室，心想何不看看他去。一推门就进去了，我来，他毫不觉得突兀。稍为客气的接待我。仿佛谁都可以推开他的门进去的一样。一进门我就看见他墙上一只蛾子，颜色如红宝石，略有黑色斑纹。他指点给我看，说了一些关于蛾蝶的事。他四壁都是植物标本，层层叠叠，尚待整理。他说有好些都是从滇西采集来的，拿出好些东西给我看，都极其特别。他让我拣两样带回去玩，我挑了几片木瑚蝶。这几片东西一直夹在我一本达尔文的书里。到他死后，有一天还翻出来过。现在那本书丢在昆明，若有人翻出，大概会不知道它是什么玩意，更无从想象是如何得来的了。那天他说话依然极其平和，如说家常，无一分讲堂气。但有一种隐隐的热烈，他把感情都倾注在工作上了，真是一宗爱的事业。

天晴了，我们出来，在他手营的小花圃里看了看，花圃里最亮的一块是金蝶花，正在盛开，黄闪闪的。几丛石竹，则在深深的绿色之中郁郁的红。新雨之后，草头全是水珠。我停步于土墙上一方白色之前，他说，"是个日规"。所谓日规，是方方的涂了一块石灰，大小一手可掩，正中垂直于墙面插了一支竹钉。看那根竹钉的影子，知道是什么时候了。不知什么道理，这东西叫人感动，蔡君平日在室内工作，大概常常要出来看一看墙上的影子的吧。我离开那间绿荫深蔽的房子不到几步，已经听到打字机嗒嗒的响起来。

这以后我就一直没有看见过他。偶然因为一件小事，想起这么一个沉默的谦和的人品，那么庄严认真的工作，觉得人世甚不寂寞，大有意思。

忽然有一天，朋友告诉我："蔡德惠进了医院，已经不行了，肺差不多烂完了，一点办法都没有，明天，最多是后天的事情。"

"以前没有听说他有病呀？"

"是呢。一直也没有发现。一定很久了，不知道他自己怎么没觉得，一来就吐了血，送医院一检查。……"

当时我竟未到医院里去看看他。过两天，有人通知我什么时候在联大新校舍后面广场上火化，我又糊里糊涂没有去参加。现在人死了已近半年，大家都离开云南，我不知道他孤坟何处，在上海这个人海之中，却又因为一件小事而想起他来，因而写了这篇短文，遥示悼念，希望他生前朋友能够见到。

我离开昆明较晚，走之前曾到联大看过几次。那间研究室锁着锁，外面藤萝密密遮满木窗，小花圃已经零落，犹有几枝残花在寂寞中开放，草长得非常非常高。那个日规还好好的在，雪白，竹钉影子斜斜的落在右边。

——这样的结尾，不免俗套，近乎完成一个文章格局，谁如此说，只好由他了。原说过，是想给德惠生前朋友看看的。

地质系同学

西南联大各系的学生各有特点，中文系的不衫不履，带点名士气。工学院的同学挟着画图板、丁字尺，一个个全像候补工程师。从法律系二三年级的学生身上已经可以看出一位名律师或大法官的影子。商学系的同学很实际，他们不爱幻想。从举止、动作、谈吐上，大体上可以勾画出我们的同学可能经历的人生道路。

但这只是相对而言，比较而言，不能像矿物一样可以用光谱测定。比如，有一个比我高两班的同学，读了四年工学院，毕业后又考进文学研究所做哲学研究生，由实入虚，你说他该是什么风度呢？不过地质系的学生身上共同的特点是比较显著的。

首先，他们的身体都很好。学地质的没有好身体是不行的。学校对报考地质系的考生的体检要求特别严格。搞地质不能只在实验室里搞，大部分时间要从事野外作业，走长路，登高山（据我所知现在的中国登山队的运动员有两位原来是读地质的），还要背很重的矿石，经常要风餐露宿，生活条件很艰苦，身体差一点是吃不消的。地质系的男同学大都身材较高，挺拔英俊，女同学身体也很好。他们大都是运动员，打篮球、排球，是系队、校队的代表。从仪表上说，他们都有当电影明星的资格。

他们的价值观念是清楚的。他们对自己所选择的学业和事业的道路是肯定的。他们没有彷徨、犹豫、困惑。从一开头就有一种奉献精神。——学地质是不可能升官发财的。他们充分认识到他们的工作对于国家的意义，一般说来，他们的祖国意识比别的系的同学更强烈，更实在。

他们都很用功。学地质，理科的底子，数学、物理、化学都要比较好。但是比较特别的是，他们除了本门科学，对一般文化，包括文学艺术，也有广泛的兴趣。因此地质系的同学大都文质彬彬，气度潇洒，毫无鄙俗之气，是一些名副其实的"知识分子"。地质系同学在学校时就做出了很大成绩。云南地方曾出了厚厚的一本《云南矿产调查》，就是西南联大地质系师生合作搞出来的。

他们野外作业列队归来，穿着夹克，背着厚帆布背包，足蹬厚底翻皮长靴，或是平常穿了干净的蓝布长衫（地质系的学生都爱干净），在学校的土路从容走着，我都有好感，对他们很欣赏。

其实我所认识的地质系的同学不多，一共只有四个，都是一九三九年入学，四三班的，和我一个班级。

比较熟识的是马杏垣。我对马杏垣有较深的印象不是由于对他的专业学识有所了解，而是因为他会刻木刻。联大当时没有人刻木刻，一个学地质的刻木刻尤其稀罕。马杏垣曾参加曾昭抡先生所率领的康藏考察团到过一趟西藏，回来在壁报上发表了他的一系列铅笔速写和木刻。他发表木刻用的笔名是"马蹄"，有时用两个英文省写字母"M.T."。他的木刻作品偶尔在昆明的报刊上也发表过。据我看，他的木刻是很有风格，很不错的。如果他不学地质而学美术，我相信也会成为一个优秀的画家、木刻家的。多才多艺，是联大许多搞自然科学的教授、学生的一个共同的特点。马杏垣毕业后到美国留学。

一九四八年，我在北京午门的历史博物馆工作，有一天来了一位参观的上岁数的人，河北丰润一带的口音，他不知怎么知道我是西南联大的，问我认识不认识马杏垣，我说认识。他说他是马杏垣的父亲。于是跟我滔滔不绝地谈起马杏垣，他说了些什么，我已经不记得，只记得老人家很为他这个现在美国的儿子感到骄傲。是呀，有这样的儿子，是值得骄傲。

马杏垣回国后在地质研究所工作，曾任所长，后来听说担任名誉所长。木刻，我想，大概是不刻了。

第二个是杨起。他是杨振声先生的儿子。杨先生是我的老师。我在杨先生处见过他。他长得很像杨先生。他是蓬莱人，个头很高，一个典型的山东大汉，文雅的、谦虚的山东大汉。他给我的印象是非常谦虚，一种从里到外的谦虚。他知道我是杨先生比较喜欢的学生,因此在校舍的土路上相逢,都很亲切地点头招呼。

还有一个是欧大澄。我不知道怎么和他认识的,可能是由于我的一个同系同班的同学和他中学同学,他和这个同学常相过从,我和他也就熟识了。在我的印象里他是喜爱音乐的。我不能确记着他是会拉提琴、弹吉他,或吹口琴。但是他很能欣赏西洋古典音乐,这一印象我想没有错。即使记错了,我觉得他身上有一种古典音乐熏陶出来的气质,这一点不会错。

杨起、欧大澄,现在都不知道在哪里。

因为认识欧大澄,这样也就对郝贻纯有些印象。因为她常和欧大澄在一起走。郝贻纯在女同学里是长得好看的,但是她从来不施脂粉(我们的女同学有一些是非常"捯饬"的,每天涂了很重的口红去听课),淡雅素朴,落落大方。她好像也是打排球的。

郝贻纯这几年参与了一些政治活动。我不知道她是人大代表还是全国政协委员,好像还是全国妇联的委员。人大、政协、妇联有这样的委员,似乎这些会还有点开头。郝贻纯是彻底"从政"了,还是还没有放弃她的本行?

我的地质系的同学,年龄和我不相上下,都已经过了七十了。他们大概是离、退休了。但是我很知道,他们会是离而不休、退而不休的。他们大概都还在查资料、写论文,在培养博士生、研究生,不会是听鸟养花、优游终老的。

中国的知识分子是多好的知识分子呀!